OFFLINE
离 线

NO. 003

主编 李婷

离线·科幻

广西师范大学出版社

·桂林·

离线_Offline | No.003

出品：离线
主编：李婷
高级编辑：傅丰元
编辑：张英洁／张轩
营销编辑：尤君若／周南
版权经理：张轩
平面设计：杨林青
封面插图：乔什·科克伦

Publisher: Offline Creative
Editor-in-Chief: Cris Li
Senior Editor: Bob Fu
Editors: Neris Zhang, Xuan Zhang
Marketing Editor: Scarlett You, Nan Zhou
Rights Manager: Xuan Zhang
Graphic Design: Linqing Yang
Illustration: Josh Cochran

联系我们：
邮件：AI@the-offline.com
微信：theoffline
微博：@ 离线offline

战略合作：

页脚火箭设计：

卷首语

我虚构了一个地球末日的场景。

"距现在几十个世纪之后，银河系的比邻M42星系成为星际首府圈。然而星系移民的过度膨胀让首府圈迅速陷入了能源短缺。星际能源调度委员会发布了一项决议：将对银河系实行爆破并将能量收集，为首府圈未来提供能源支持。星际移民中来自地球的一小队人乘上星际飞艇回到银河系。他们将带上存储着地球50亿年智慧的'云'，和最后留守地球的人一起，向自己最初也是最后的家园告别。"

在这样一个简单的场景中，幻想作为一种形式，展现了科学和技术的未来，以及这个未来对人类社会的影响。这就是科幻。从文学创作的角度来说，科幻用想象拉近人类与未来的距离。幻想中的科学技术并不需要严丝合缝的合理性，叙事情节、人物塑造、矛盾冲突才是写作的核心，甚至很多科幻小说并不直接表现科学和技术的细节，只提供一个模糊的大背景。但往往这个不确定的背景，最终决定了小说想象力的边界。

然而，真的科学和技术的创造和发生却是要毫无漏洞，或者说要步步为营。H. G. 威尔斯早在1901年就完成了《月球上最早的人类》，近七十年后，阿姆斯特朗才迈出了人类的一大步。卡雷尔·恰佩克在九十五年前创造了"robot"这个词（源于捷克语的"robota"，意为"苦力"），离阿西莫夫提出机器人三定律也已经过去了六十五年，但到目前，机器人还不是我们幻想中的样子。它们既没有自我复制，也没有控制人类，更不会毁灭世界。

所以在讨论科幻是否是预测未来的一种有效方式时，答案通常是模棱两可的。因为科技的发展有它自己的轨道，随着轨道的延伸，科幻将拥抱轨道周围或是更广大的空间，那里蕴含着更多可能和不可能。

本期《离线·科幻》专题是对科学幻想与科学技术共生关系的一次摸索。我们邀请了刘慈欣、王晋康、韩松、刘宇昆、陈楸帆、宝树、张冉、夏笳、飞氘，中国当代九位华人科幻作家打造"中国科幻问卷"，共同探讨科技与幻想、现实与虚拟、当下与未来。遗产专栏梳理了中国科幻从发生、发展到繁荣的百年历史。本期重磅长文"无处安放的火星梦"中，火星旅行从虚构走向了现实。写作专栏首发刘宇昆最新科幻短篇"天堂战争"的中文版。如果这还不算科幻盛宴，那么威廉·吉布森和布鲁斯·斯特林带来的两篇非虚构写作就是最后的杀手锏。

开篇的末日场景其实是受到刘慈欣的启发："在遥远的未来，如果人类文明想要延续下去并向宇宙扩张，人类必须在无限宏大的领域内去创造科技奇迹。"这是一位科幻作家对人类未来的宣言。但愿它也能开启你的幻想之门，或是对科技的探索之路。

李 婷

《离线》主编

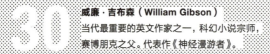

30 威廉·吉布森（William Gibson）
当代最重要的英文作家之一，科幻小说宗师，
赛博朋克之父。代表作《神经漫游者》。

40 埃尔莫·基普（Elmo Keep）
澳大利亚作家与记者，现任
The Lifted Brow 杂志数字总监。

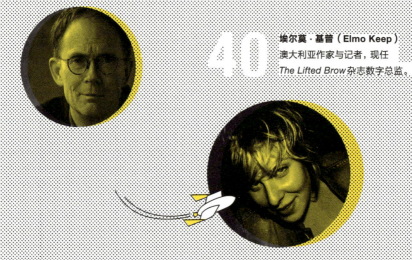

70 乔恩·特尼（Jon Turney）
科技作家，出版人。他的著作涉及生物、医学、科技史和未来学等话题，包括
I, Superorganism、*The Rough Guide to the Future*、*Lovelock and Gaia* 等。

104 夏笳
科幻作家和科幻文学研究者，作品多次获
"银河奖"，代表作《关妖精的瓶子》《卡
门》《百鬼夜行街》《童童的夏天》等。现
在西安交通大学执教。

120 戴一
前《科幻世界》编辑，现在中科院怀柔
火箭研发基地遗址研究科技史。

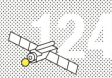

124 布鲁斯·斯特林（Bruce Sterling）
美国著名科幻小说作家，"赛博朋克"科
幻流派的定义者兼旗手，"蒸汽朋克"科
幻流派创始人之一，未来主义学者。

150 刘宇昆（Ken Liu）
华裔科幻作家，星云、雨果双奖得主。代表作《折纸》《爱的算法》《奇点移民》等。
他还是《三体》第一部英文版的译者。现居波士顿做律师。

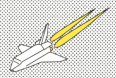

172 郭亮
前独立博客ACGTALK成员，极客团体Ethermetic
组员，《虹膜》动画专栏Animefever策划人，业余写
作者，小说及影视动画综述散见于小说选集《毁灭
之城》和《新周刊》《文艺风赏》等杂志。

177 杨赛
网名lazycai，学了物理迷了IT做了编辑，曾经的死理性派与互联
网信徒。最近观念调整，正在学习理性之外的价值观。

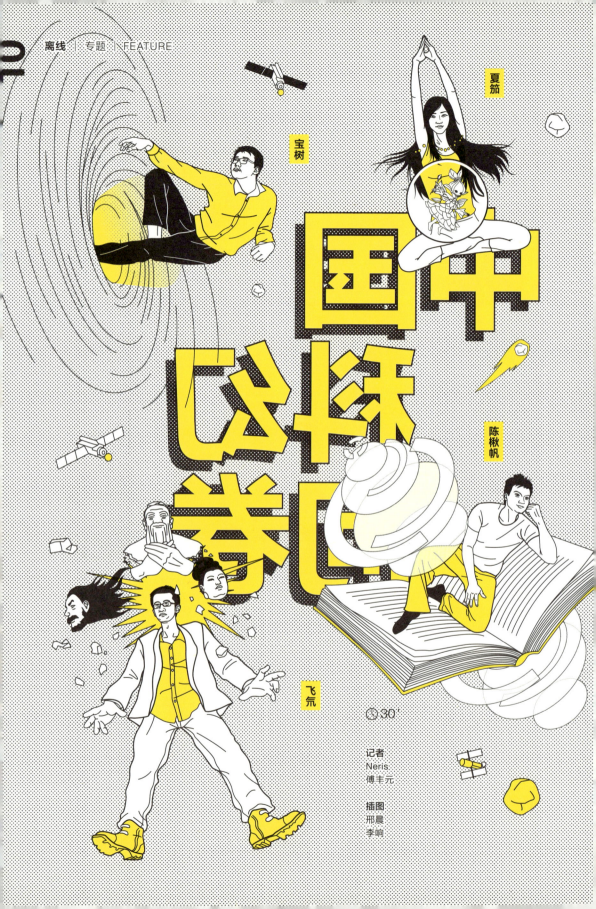

夏笳

宝树

陈楸帆

飞氘

中国科幻群星闪耀时

🕐 30'

记者
Neris
傅丰元

插图
邢晨
李响

王晋康

◆ 高级工程师，高产科幻作家。从事创作二十年，发表四百余万字。代表作《类人》。

1 您认为中国科幻有没有可能迎来自己的"黄金时代"？

黄金时代实际有两点含义：首先它是一个高峰；其次题材和表现手法相对传统。这正符合今天中国科幻的特点，所以，后人将把上世纪90年代至今的时代定为中国科幻的黄金时代。

2 现在人们对软/硬科幻的划分已经十分模糊。您觉得科幻创作还存在流派分歧吗？未来科幻创作的风格还会发生什么样的变化？

不区分软硬科幻是我们的共识。但流派是天然存在的，有流派但没有分歧。"小胆"地预测一下，今后科幻的写作手法将吸收更多的后现代因素，文学性的增强和快餐式作品的壮大将是并行的两个趋势，而我称之为"核心科幻"的作品反倒会有所式微。

3 现代科技的更新换代非常快，似乎已经不会像从前那样令我们惊叹了，科技的神奇感消失了吗？您认为目前科技前沿的兴奋点在哪儿？

科技的神奇感不会消失，因为人类知道得越多，就会面对越大的未知。目前科技前沿的兴奋点是对人自身的认识，尤其是对于人脑的认识。

4 《连线》杂志创始主编凯文·凯利曾说"人是技术的性器官"，技术在借助人类而繁衍。您也曾在小说里提到"科学家是客观上帝的奴隶"，借助人类的发现欲望，机器在不断地变得更加智能，甚至超越人类。这样的观点是不是过于悲观？您个人也是这样认为的吗？

人类并非天生贵胄，并非上帝的造物，而只是物质的复杂缔合所产生的更高层面的东西。从这个观点看，电脑智力超过人脑并非了不起的事，但也非"机器人反叛"这类浅薄的预言。无所谓谁控制谁，只是智力平庸的人类无法再做世界的主人了。顺便说一句，人也会进化的，包括人为的智力强化，但强化后的人不能算纯粹的人了。

5 人类最有可能因为哪一种缺陷而灭亡？

目前看，哪一种缺陷都不会造成人性或人类物理本元的灭亡。最可能的是：因为脑结构的限制，人类科学发展到某个高度后面临一个无法逾越的瓶颈。

6 能否描述一个您的写作场景？

使用电脑写作，大部分是在白天写。

7 科幻写作之外，您还有在计划其他读者可能感兴趣的项目吗？

带孙子——读者会感兴趣吗？

8 能为您所在的城市预想一个未来吗，比如一百年后的南阳？

南阳是南水北调的起始地，这说明南阳的一大优点：水源相对充足。曾有过因考虑水源而把首都迁往豫西南、湖北一带的说法，希望一百年后它能成真。这个预言带有太多个人的感情分量，聊博一笑。

9 能否推荐一本非虚构类的图书？并简单说明一下推荐的理由。

曹天元的《上帝掷骰子吗》。这是我读过的、中国人写的文笔最自由的科普著作之一。

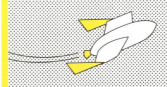

刘慈欣

◆ 中国科幻文学的领军人物，曾任山西娘子关发电站高级工程师。曾连续八年获得中国科幻银河奖。代表作《三体》系列的第一部获星云、雨果双奖提名。

1 请定义或描述什么是科幻。

科幻文学有多种风格，相互之间的差别很大，很难用一个定义来概括。从我自己创作的科幻类型来说，大致可以这样定义：内容超现实，但不是超自然的文学。

2 您认为中国科幻有没有可能迎来自己的"黄金时代"？

我认为有可能。因为今天的中国与科幻黄金时代的美国有很大的相似之处，同样是在加速的工业化和现代化进程中，未来同样面对着诸多的机遇和挑战。但中国科幻目前缺少有影响力的作品和作家，对于黄金时代来说，这两者是必不可少的。

3 现在人们对软/硬科幻的划分已经十分模糊。您觉得科幻创作还存在流派分歧吗？未来科幻创作的风格还会发生什么样的变化？

现在科幻创作的风格日益多样化，每个作者都有自己鲜明的不可替代的特点，很难聚合成明确的流派。未来科幻将延续这种风格多样化的特征，每种风格都有对应的读者群，另外科幻将与其他幻想文学进一步融合。

4 您认为科幻作品中的什么元素或是场景，最有可能在本世纪内成为现实？

人工智能和人机融合。

5 有一种说法是，科幻小说的本质是现实主义小说。您怎么看？

我不这么认为。科幻小说在本质上是超现实的，与童话和奇幻不同的是，它不是超自然的。它是一种可能性的文学，把未来不同的可能性排列出来，这其中只有一小部分可能成为现实。科幻的意义正是在于这种基于科学更改的超现实。

6 现代科技的更新换代非常快，似乎已经不会像从前那样令我们惊叹了，科技的神奇感消失了吗？您认为目前科技前沿的兴奋点在哪儿？

科技的神奇感确实在消失，这给科幻带来的影响不仅仅是负面那么简单。可以说，这对科幻的打击是致命的。如果我们不能在科幻中创造出新的神奇感，这种文学形式终将被曾经催生它的科技消灭掉。目前科技最大的兴奋点在于飞出地球去开拓太空中的新世界。遗憾的是这方面进展很慢，甚至可以说是停步不前。

7 您对技术手段可能带来的"永生"怎么看？您个人是否可以接受成为一个后人类？

从目前的生物学水平来看，产生"不死之身"还很遥远。雷·库兹韦尔靠每天吃二百多片药显然做不到这一点，在我看来更有可能缩短寿命。我可以接受成为后人类，延长寿命或人机融合都可以。作为一名科幻作者，我渴望亲自看看自己描写过的遥远未来是什么样子。我们已经基本上知道了人类从哪里来，我现在渴望看到他到哪里去。

8 您对人类探索太空，这样"外向"发展的未来一直抱有乐观的态度。这个过程中最重要的技术是什么？

大规模的外太空探索需要多项关键技术的突破，主要包括新型太空推进技术、封闭循环生态系统等。人类一旦大规模进入太空，必将面临新的伦理问题，需要建立起与太空生存相适应的伦理和价值体系，这个体系肯定有从地球传统中继承的部分，但也会出现许多全新的我们现在还难以接受的东西。

9 人类最有可能因为哪一种缺陷而灭亡？

贪图享乐，不思进取。

10 能否描述一个您的写作场景？

我的写作大部分都在家里和办公室，处于山西与河北交界处的娘子关地区，使用的工具都是电脑。

11 能否推荐一本非虚构类的图书？并简单说明一下推荐的理由。

雷·库兹韦尔的《奇点临近》。这本书对人工智能、纳米技术和基因工程学的推测已经远远超过科幻的想象，并且是基于现在技术理论进行的严谨推测。作者预言在2030年左右，人工智能将远超人类的智力，进而诞生一个超乎我们想象的全新世界。

12 科幻写作之外，您还有在计划其他读者可能感兴趣的项目吗？

还在参与一些科幻电影的剧本策划，因商业秘密的原因无法具体透露。

13 请补充完整：

任何好看的科幻，看上去都和真实无异。

1 请定义或描述什么是科幻。

科幻是一个关于梦的文学，这个梦并不是今天才有的。中国人从清朝末期就开始做，上世纪50年代、70年代也曾有过两次高潮。如今这个科幻梦做得有悲有喜，更多是苦涩。但毕竟又有了梦。科幻在这个梦里扮演重要角色，它是现代化的产物，而中国梦就是现代化的梦。

2 您认为中国科幻有没有可能迎来自己的"黄金时代"？

是可以的。但还要等待，什么时候不好说。环境不一样。

中国科幻真正走向世界需要漫长的路程，也许要等到中国更强大，尤其是文化影响力更强大。目前的问题是，科幻在中国国内仍是小众，还没有引起国内的更大关注。要走向世界，它自身还需要解决许多问题。比如，科幻文学创作的整体质量还不够高等等。

此外，中国科幻走向世界，还有语言问题、文化问题、与国外科幻的代差问题。整体上，我们还在模仿西方的科幻，缺少自己独特的东西，缺少让人"哇"地叫出声来的东西。其中核心问题是想象力不够，缺乏思考的深度和锐度。许多作品读来比较幼稚，与真正的文学标准相比还有较大差距。

3 现在人们对软/硬科幻的划分已经十分模糊。您觉得科幻创作还存在流派分歧吗？未来科幻创作的风格还会发生什么样的变化？

还是有流派或者风格的。未来是多元化。今后可能只有好作品、差作品，而不再有什么类型作品之分。

4 有一种说法是，科幻小说的本质是现实主义小说。您怎么看？

我觉得科幻就是现实主义。好的科幻作品的特点是展现出巨大的真实性，把虚构的现实描写得跟真的一样。细节上惟妙惟肖，虽然是创造出来的未来世界，但用的都是现实主义的手法，大多像托尔斯泰的写作方式。而且科幻关注的问题也都是现实的，如人类的生存困境、环境、资源、人口、人与宇宙的关系、两性关系、宗教与人、科技带给人的悲喜、科技与社会的关系等等。所以科幻是极现实的一种文学，而非虚的。

中国科幻的主题很多都与现实问题有关。环境问题、贫富差距问题、能源资源问题、人口问题、医疗问题、住房问题、腐败问题、中国与世界的关系问题等等，都是中国科幻经常描写的主题。主流科幻作家的作品里，都有强烈的现实的影子。科幻是一种很有力的现实主义，一部中国科幻史，就是中华民族崛起的一面镜子。

5 您认为科幻作品中的什么元素或是场景，最有可能在本世纪内成为现实？

人类灭亡。

6 日常生活中，您是一个科技产品的重度使用者吗？您怎么看待持续的"连线"状态？

持续连线是一种破坏作用。孤独最好。

7 现代科技的更新换代似乎已经不会像从前那样令我们惊叹了，科技的神奇感消失了吗？您认为目前科技前沿的兴奋点在哪儿？

现代科技仍然神奇。给科幻带来的影响是双面的。科学与幻想的关系越来越不可分，有时科学即是最大的幻想。正如最高级的科学即是魔法一样。科技的兴奋点处处都是。比如改造人类自身。

◆ 新华社对外部副主任兼中央新闻采访中心副主任。代表作《地铁》《火星照耀美国》。

韩松

8 人类最有可能因为哪一种缺陷而灭亡？

信仰。比如同时下命令，让大家去信一个东西。

9 能否描述一个您的写作场景？

早晨，办公室，电脑。

10 能为您所在的城市预想一个未来吗，比如一百年后的北京？

无人居住。

11 请补充完整：

任何神奇的科幻，看上去都和现实无异。

刘宇昆

◆ 律师，前程序员，在波士顿生活的华裔科幻作家。星云、雨果双奖得主，代表作《折纸》。他还是《三体》第一部英文版的译者。

1 您认为中国科幻有没有可能迎来自己的"黄金时代"？

我当然是希望如此，但是中国科幻产业还不能算成熟，最大的问题在于发表的平台太少。不管是俄罗斯、法国还是日本，都像我们这里一样，有一个非常大的科幻出版平台一家独大。美国不同，它有三家比较大的纸质杂志，而且每一年都会有其他新的电子杂志出现，影响力甚至比传统杂志还大。这样的环境会让科幻不断获得新生力量。不断有新的平台出现、不断有新的作者被发掘，这是科幻产业成熟的一个表现。

2 现在人们对软/硬科幻的划分已经十分模糊。您觉得科幻创作还存在流派分歧吗？未来科幻创作的风格还会发生什么样的变化？

在美国上世纪50、60年代"新浪潮科幻"刚出来的时候，关于什么是真正的科幻、软硬的问题，也产生过很大的争议。中国现在对"软/硬"的概念变得模糊，这是一个成熟的表现。以后肯定会有新的元素进入科幻创作。在美国，现在的争议是，科幻能不能对女权主义、同性恋亚文化有更多的融合力。中国科幻也会在发展过程中不断变化，在变化中前进。有很多东西在科幻里写得都不够多，最明显的一个就是奇点的来临对世界经济、政治产生什么影响，这方面有很多探索可以做。

3 您认为科幻作品中的什么元素或是场景，最有可能在本世纪内成为现实？

3D打印在我们之前看来不太可能，现在已经成为了现实，而且我觉得在五到十年内会得到普及。

无人驾驶也是在二十年内非常有可能实现的技术。并不用每个人都拥有一辆车，比如一个城市有几万辆无人驾驶车就可以满足所有人的出行需求。

生物技术、基因改造也非常有可能。一个大学生可以在自己的车库里造出一个毁灭性病毒的时候，就很危险。和计算机技术相比，生物病毒更容易被传播出去，就像埃博拉一样让人恐惧。现在生物黑客还处于起步阶段，但是我认为它在十到二十年内就会发生很大变化。

4 现代科技的更新换代非常快，似乎已经不会像从前那样令我们惊叹了，科技的神奇感消失了吗？您认为目前科技前沿的兴奋点在哪儿？

我们日常生活中看到的科技图景只是暂时的景象。其实很多爆炸性技术可能带来的变化，我们还没有看到，比如说基因改造。但是我可以肯定，它最终会改变人类的生命。技术的发展有时候就是一跳一跳的，先是一个明显的上升，接着进入一个平缓期，然后再上升，我们现在可能就处于一个比较平稳的阶段。下一个技术发展的爆炸性成果，我认为会是在人工智能或基因改造方面。

5 您对技术手段可能带来的"永生"，比如人体冷冻、意识上传怎么看？

我对科技的发展是比较乐观的。科技的发展有它的惯性，就像摩尔定律说的那样，三十年来，每18个月芯片的性能就提高一倍。这种指数的上升是停不下来的。我们生活在一个资本世界里，只要有商业利益，就会有人继续做下去，永生这种事情更是这样，硅谷那些科技大佬们会不断投资进行研究。最终它是会成功的，但是对人类来说，这是好事还是坏事就很难预测了。

6 人类有最可能因为哪一种缺陷而灭亡？

很有可能是因为人类缺乏"谨慎性"，制造出

自己无法控制的力量，导致灭亡。

7 能否描述一个您的写作场景和写作工具？

我从来不在书房里写作，而是在上下班火车上通勤写作。大部分的构思都是在头脑里完成的，写作的时候就是在码字了。试过用iPad、Chromebook、AlphaSmart 3000等很多便携设备，但最后，最好的选择还是MacBook Pro。至于写作软件，我经常会换。就像用笔一样，有时候你换一下会获得新鲜感，对写作创意是一种刺激。

8 科幻写作之外，您还有在计划其他读者可能感兴趣的项目吗？

我在筹备一个"丝绸朋克"（silkpunk）三部曲，2015年出版第一部。丝绸朋克和蒸汽朋克比较相似。区别就是蒸汽朋克里的技术主要是19世纪工业大革命时期的蒸汽科技，丝绸朋克更广泛一点。我采用的是中国古代墨家机关术之类的技术，而且不限于东亚技术文化，还有古希腊相关的技术。古希腊当然没有丝绸，但古希腊有和丝绸"等技性"的东西。从这些文化延伸发展开来，最终写成长篇。

9 能为您所在的城市预想一个未来吗，比如一百年后的波士顿，或者您的故乡兰州？

波士顿。在水下，因为它现在在海边。兰州。很有可能黄河已经干涸了。这是一个非常可怕的事情。

10 能否推荐一本非虚构类的图书？并简单说明一下推荐的理由。

《反脆弱》。这本书是《黑天鹅》的作者纳西姆·尼古拉斯·塔勒布写的，它告诉你如何让生活中的随机事件为你所用而不是让你为之所累。非常有意思，看完之后我感觉三观都变了。

1 请定义或描述什么是科幻。

科幻是一种基于对现有世界的认知，在人类的逻辑框架下，对未知世界的推测及想象。

2 您认为中国科幻有没有可能迎来自己的"黄金时代"？

随着《三体》的诞生和火爆，中国科幻已经迎来了黄金时代，期待有更多含金量的作家、作品出现。当然，这取决于许多因素，比如外部商业环境是否能支撑起一批专职科幻作家的存在，产业链条是否能够打通从文学到影视包括衍生品及主题公园的知识产权开发等等。一个黄金时代不是单靠科幻作家就能够实现的。

3 您认为科幻作品中的什么元素或是场景，最有可能在本世纪内成为现实？

已经成为现实的：人们不得不借助面罩或防毒面具才得以进行室外活动。

即将成为现实的：虚拟现实空间将成为人类生活的另一个维度。

4 现代科技的更新换代非常快，似乎已经不会像从前那样令我们惊叹了，科技的神奇感消失了吗？您认为目前科技前沿的兴奋点在哪儿？

科技的发展变得内向化，感官刺激层面上的神奇感不再容易产生，更多的是深埋于产品中的底层逻辑架构与技术机理，但并不是说科技就不让人兴奋了，比如人工智能、大脑计划、新材料技术及虚拟现实技术都令人兴奋。

5 您对技术手段可能带来的"永生"，比如人体冷冻、意识上传怎么看？

我个人认为永生迟早会到来，有可能以出人意料的方式出现，所以目前这些常规的方式我认为都会失败，但都是通往永生之路的一块块垫脚石。

我对意识上传的看法比较乐观。人的意识可以分为两部分。一个是人类出生之后受到的感官刺激所形成的电信号或者记忆，另一个是在人类成长过程中形成的特有思维模式。前一个比较简单，比如一个婴儿从出生之日起，你用一个装置把他受到的刺激、信号全都收集起来，实时上传到云端。这个我认为十年左右就可以实现。第二个就非常困难。一个人的反应模式很难复制，我们现在尝试用电脑去模拟人脑的思维，就是所谓深度学习、神经网络的模式，这种方式能否在未来把情感、反应模式这些都上传到云端呢？这个我认为五十年才有可能实现。

6 日常生活中，您是一个科技产品的重度使用者吗？您认为持续的"连线"状态对写作有什么帮助？

是。获取信息和及时反馈的帮助。但另一方面看，它挤压了有效写作的时间与精力，让人疲于应付，无法长久地沉浸在写作氛围当中。我希望能够做到随时从连线状态detached，但作为一名互联网从业者，这真的很难。

7 人类最可能因为哪一种缺陷而灭亡？

自大。

8 能否描述一个您的写作场景？

早晨或深夜，家中或咖啡屋，戴着耳机，打开电脑，打开星战笔记本，一杯茶，手机调成静音状态。

9 科幻写作之外，您还有在计划其他读者可能感兴趣的项目吗？

与一名纽约视觉艺术家合作关于卡塔尔—喜马拉雅—月球的创意项目，具体细节还处于保密阶段。

◆ 互联网从业者，Google 前员工、现任职于百度，代表作《荒潮》。

陈楸帆

10 能为您的家乡预想一个未来吗，比如一百年后的汕头？

一百年后的汕头将会变成一块固守的潮文化飞地，或者成为与其他千百座中国城市毫无二致的商业复制品，这取决于我们这代人，以及之后的几代人。

11 请补充完整：

任何 乐观主义 的科幻，看上去都和 安慰剂 无异。

12 未来是一个混合时代，政治、商业、技术、文化都会彼此融合和冲突。您认为技术可以解决所有冲突吗？

技术无法解决所有冲突，但能够提供一些找到解决方案的路径。关键还在于人本身。技术本身是中性物，是媒介，是人性的延伸与增益。如何基于对人性的洞察更好地设计技术，为人类服务，这是庄子的思想。

13 能否推荐一本非虚构类的图书？并简单说明一下推荐的理由。

彼得·海斯勒的《奇石》（或《江城》《甲骨文》《寻路中国》），我觉得他把非虚构文学写出了科幻小说的味道。在他的视角及冷静叙事下，一切司空见惯的中国人事物都仿佛是来自外星球的奇异风景。我是在许多年前的新加坡二手书市上偶然发现他的书，当时他还没有被引进到大陆。《江城》读完之后惊为天人，感觉像是在日常中打开了一扇通往平行宇宙的大门。于是我变成了他的忠实读者，并暗地学习他的写作技巧。

宝树

◆ 学的是发源于古希腊的哲学，写的是与未来有关的故事，喜欢中外历史与古典文学。代表作《三体X》《时间之墟》。

---

1 请定义或描述什么是科幻。

科幻就是奠基于科学世界观的幻想作品。它不必要严格符合科学，但或多或少要建立在科学所揭示的、不同于传统神话宗教，也不同于日常生活的世界面貌的基础上。

2 您认为中国科幻有没有可能迎来自己的"黄金时代"？

可能永远是有可能的。譬如说出百十个刘慈欣这样的人物，每年出几十部科幻精品，中国科幻想不振兴也难。但客观讲，不能指望这种运气。

中国科幻小说并不是西方科幻小说之外的另一套东西，不像中国古典文学和西方文学是两个系统。某种意义上，我们和阿西莫夫、克拉克他们是一脉相承的。西方的科幻起源就是中国的科幻起源，西方的科幻黄金时代，也铭刻在中国科幻的历史记忆中。所以这不是一个平行的发展历程，而是历史的继续，历史不会真正重复。所以即便有中国科幻的黄金时代，大概也和上一次黄金时代大不相同。

3 现在人们对软/硬科幻的划分已经十分模糊。您觉得科幻创作还存在流派分歧吗？未来科幻创作的风格还会发生什么样的变化？

与其说是软硬科幻，不如说是"重点子（设定）派"和"重故事（情节）派"，这个创作取向的差异客观上是存在的。但我想没有什么正统异端的区别，谁写得好看谁是王道。

未来有一个明显的倾向是：会更加轻小说化，以及和其他的类型风格（如奇幻、推理、青春等）有更多结合。但是发展是越来越多元化的，不能说哪个一定是主流，也没有高下之分。

4 您认为科幻作品中的什么元素或是场景，最有可能在本世纪内成为现实？

有很多，譬如虚拟现实，就是戴上一个头盔，可以感到自己完全身处另一个世界。又比如自动驾驶汽车，这些其实已经没有太多技术障碍，实现只是时间问题。

从坏的一方面讲，生态环境的彻底破坏，海平面上升等极有可能，世界核大战可能不会发生，但局部地区的核战，数百万人的死亡是完全可能的。

5 现代科技的更新换代非常快，似乎已经不会像从前那样令我们惊叹了，科技的神奇感消失了吗？您认为目前科技前沿的兴奋点在哪儿？

不能说消失，只是减弱了。因为当代人已经把科技的迅猛发展视为常态而非恩赐了，而科幻也起到推波助澜的作用。譬如说如果经常看到超光速飞船之类的电影，坐上时速300公里的高铁还会有什么新鲜感呢？这样对科幻的负面影响也是不言而喻的，那些传统的着重描绘未来世界高科技生活的作品不再令人感兴趣了，这会让不少人放弃科幻；但从另一个角度看，也推动了科幻作品题材和表现形式本身的进化。譬如说科技和现实的接近，也让另一类表现科技对社会影响的科幻作品发展起来、受到关注，譬如转基因问题，譬如能源问题，譬如病毒传播问题，也有很多好的作品问世。这也是很值得探索的发展方向吧。

6 在《古老的地球之歌》里，您提到人类在飞船里存储了足够享用数百年的知识。请列举三种您认为最重要的"知识"。

数学、历史和飞船维修的必要知识。

7 您对技术手段可能带来的"永生"，比如人体冷冻、意识上传怎么看？

永生是一个很有趣的问题，因为它是人类自我保存本能的终极追求。可以预期，人均寿命会越来越长，但这是最高级的技术突破，在一段时间内肯定是只有少数社会上层人物才能享有的。这会带来很多社会问题，譬如一些国家的领导人，乃至各界要人可以永生不死，年轻人就没有上升的空间。这会引起怎样的矛盾冲突？这是很有意思的，可以在作品中探索的问题。

8 人类最可能因为哪一种缺陷而灭亡？

无知和自以为是导致的偏执。

9 科幻写作之外，您还有在计划其他读者可能感兴趣的项目吗？

我还在做很多事情，譬如研究古代哲学……

10 能为您所在的城市预想一个未来吗，比如一百年后的武汉？

一百年后国内（也可能是全世界）的每个城市整体上都一样，城市之间完全同质化了。这个趋势你现在就可以看到。每个大众城市都可以看到一样的酒店、超市、快餐店，街头流行同样的服饰，电影院里放同样的电影等等。

11 请补充完整：

任何超前的科幻，看上去都和神经病无异。

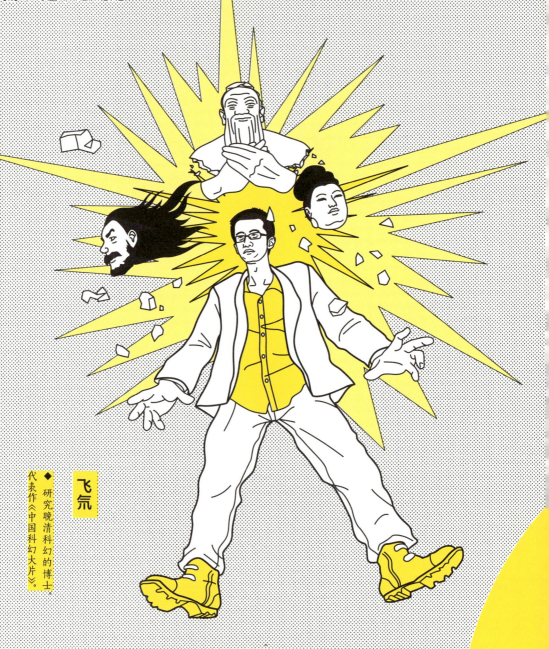

飞氘

◆ 研究晚清科幻的博士，代表作《中国科幻大片》。

1 您认为中国科幻有没有可能迎来自己的"黄金时代"？

有可能。学术界有一种理论，认为科幻在世界范围的兴起，和当时的帝国扩张有关系，法国、英国、美国、日本……之所以出现科幻的繁荣，都和一种探索和征服的欲望有关。当然这是一种批判的说法，不过我们可以换一种说法：科幻与别的文学不太一样，总是和一个国家的国力和科技实力有关系。如果顺利，中国将在世界上扮演越来越重要的角色，新一代的中国人，将越来越有大气量和大胸怀。那么，中国科幻黄金时代的外部条件就具备了。注意，是中国科幻，不是中国科幻小说，传统的小说写作，

前途未卜。

2 您认为科幻作品中的什么元素或是场景，最有可能在本世纪内成为现实？

鉴于日本强大的机器人技术和AV文化，机器人女友可能会实现吧。另外就是人机互联吧。

3 现代科技的更新换代非常快，似乎已经不会像从前那样令我们惊叹了，科技的神奇感消失了吗？您认为目前科技前沿的兴奋点在哪儿？

我不觉得科技的神奇感消失了，倒是自己的年龄增长了，对时刻保持与新科技同步的努力感到力不从心。另外，要体验新的技术工具，这意味着金钱，大多数人无力负担最新的神奇感，只能等到它已被更神奇的超越而打折后才能体会一下。

我个人比较容易兴奋的科技前沿是人工智能、机器人和类似《黑客帝国》中描绘的虚拟生存。

4 您对技术手段可能带来的"永生"，比如人体冷冻、意识上传怎么看？

"永生"这件事可能是个体生命的本能追求，但那意味着极高的能耗。如果不能解决耗能问题，许多令人憧憬的新发明都会遇到限制。另外还是正义和权力的问题：谁，依靠什么资格，可以获得永生？可能科幻作家更感兴趣的不是技术性的预测，而是新技术带来的人类生活的变化。另外，如果不能尊重死亡的绝对客观性，就无从理解生命本身。一旦这个绝对性被打破，这意味着整个人类的哲学基础都要被颠覆。

5 您的博士论文研究的是晚清科幻小说，晚清人和现代人看待科技有何异同？

那时的作家，喜欢描绘种种看上去和古代神魔小说无异的场景，只不过以科学的名义予以重构。比如"飞车"、"气球"就是"腾云驾雾"。而最大的不同

在于，那时候对科学的想象主要是光明进步的，会给人类带来大同世界的。论述什么东西好不好，要看它是不是"科学"的，"科学"能赋予其他事物合法性。而从一战之后，"文明"的欧洲作为榜样的形象开始失效了，"科学"本身也开始受到质疑。

6 人类最有可能因为哪一种缺陷而灭亡？

种种自我毁灭的冲动。

7 能否描述一个您的写作场景？

有时是在寝室，有时在图书馆，总之要安静的环境才行。以前用笔，现在用电脑，几乎无法逆转的变化。

8 科幻写作之外，您还有在计划其他读者可能感兴趣的项目吗？

正在写作题为《晚清科幻研究》的论文。如果将来能继续从事学术研究，计划30岁继续研究晚清科幻，40岁研究民国科幻，50岁研究1949年以后的中国科幻，60岁写一本《20世纪中国科幻史》。

9 能为您的家乡预想一个未来吗，比如一百年后的赤峰？

一百年后的赤峰，可能变成北京的九环了吧。

10 请补充完整：

任何引人入胜的科幻，看上去都和止疼片无异。

<p>

夏笳

◆ 高校教师，科幻作者与研究者。代表作《关妖精的瓶子》。

1 请定义或描述什么是科幻。

在我看来，科幻小说是一种诞生于"边疆"之上，并伴随边疆不断游移迁徙从而生生不息的文学。这边疆绵延于已知与未知、魔法与科学、梦与现实、自我与他者、当下与未来、东方与西方之间。因为好奇心而跨越这边疆，并在颠覆旧识和成见的过程中完成自我认知与成长，是人类文明发展的内在动力。或者我们也可以把科幻看成一种观察和思考世界的方式，它让我们打开脑洞，去探索70亿种不同的可能性，去相信未来，热爱生命。

2 现在人们对软/硬科幻的划分已经十分模糊。您觉得科幻创作还存在流派分歧吗?未来科幻创作的风格还会发生什么样的变化?

现在更引人注目的事实应该是读者群体或者说市场本身的分流。譬如我们现在有"磁铁"（刘慈欣的粉丝），甚至有"非科幻迷的三体粉"，而他们中有很多人可能同时是动漫迷或者"冰火粉"，这些现象都无法用"软/硬"来描述。市场本身是赢家通吃的，而我希望的是这种赢家通吃不会挤压科幻本身的丰富多元性，不会淹没读者对于那些小众然而具有革命性潜能的创作形态的关注。科幻本身是一种始终处于"生成"状态的文学，未来我希望看到更多让人脑洞大开的新鲜尝试，而不是走向某一种单一的风格。

3 您对中国科幻有什么特别的分类方法吗？

我将90年代新生代作家分为三组：第一组是90年代进入大学并开始创作，生活在大城市的七零后青年作家；第二组是生活在二三线城市的"核心科幻"作家，包括何夕、刘慈欣、王晋康这三位男性工程师；第三组是"唯一的韩松"，因为他的创作和所有人都不同。现在可以加上出生于80年代的"更新代"作家，这些人的创作更加丰富和多元化。

4 日常生活中，您是一个科技产品的重度使用者吗？您认为持续的"连线"状态对您的写作有什么帮助？

我不是一个热衷于update科技产品的人，但不得不承认智能手机一类东西让许多事情变得很方便。我现在很依赖Wi-Fi、云笔记和各种终端来安排学习和工作，有时候走在路上产生写作灵感也需要用手机记录下来。总体而言，我觉得问题的关键在于如果你对需要处理的问题能保持一种高度关注，所获得的思考和知识就会相对完整，所以需要把单线程工作与多线程工作的时间分开。写博士论文的时候，我每天早上醒来会在床上用电脑写一个多小时，大约写完两千字的草稿后再起床洗漱煮咖啡吃早餐，上网处理邮件、读文献整理资料等等。

有时候我会想象，如果有一天我不慎独自流落荒岛，也许能够通过孤注一掷的写作来避免疯狂。这或许会是很特别的人生体验，但未必算是理想的生活状态。

5 您对技术手段可能带来的"永生"，比如人体冷冻、意识上传怎么看？

这其实是一个哲学问题。因为人类迄今为止所有的思考和行动都是一种向死而生的过程。永生可能导致一种与今日人类截然不同的文明形态，而那将是我们这些必有一死的人类所无法理解的。

6 人类最有可能因为哪一种缺陷而灭亡？

虚荣和贪欲，这些都在加速对于地球资源的耗尽。

7 能否描述一个您的写作场景？

我买了一个藤椅吊篮放在我们家朝南的阳台上，这已经成为居家旅行拉仇恨必备的神器。

8 科幻写作之外，您还有在计划其他读者可能感兴趣的项目吗？

在大学里开一门科幻课，并且把它设计为MOOC。这需要很多时间，但我相信自己有热情和能力把它做好。

9 能为您所在的城市预想一个未来吗？比如一百年后的西安？

在一场全世界范围的僵尸大爆发中，西安因为有完整的城墙而成为人类最后的堡垒之一，并重新变成中国与世界政治经济文化的中心。

10 请补充完整：

任何美妙的科幻，看上去都和初恋无异。

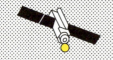

生之年估计挺难实现，冷冻是另一种形式的死亡，"永生"还很遥远。

5 能否推荐一本非虚构类的图书？并简单说明一下推荐的理由。

推荐梁实秋，可以从《雅舍谈吃》看起。让我们知道无论富裕贫困和平战争顺境逆境，都有种能让人淡然处事、品味生活之美的精神存在。

6 能否描述一个您的写作场景？

由于创作时间不长，好像所有的作品都是深夜十二点到两点半之间在我只开着一盏小台灯的书房里用某国产品牌笔记本写出来的。

7 能为您所在的城市预想一个未来吗，比如一百年后的惠州？

一百年后的广东惠州。市政府大院前。
飞碟缓缓下降，主持人整理一下发型开始直播："各位观众，来自11SM星球大东亚株式会社的稻谷·稻谷社长已经抵达我市，即将在市委书记和市长的陪同下前往刚刚落成的540层天际综合体、同步轨道电梯双塔'中共惠州市委员会·惠州市人民政府'大厦参观访问……舱门已经开启了，稻谷·稻谷社长率先走出飞船，他摘下了头盔，深深吸了一口气——11SM星人的嗅觉能力是人类的1200倍——然后露出了满意的笑容。观众朋友们，这说明我们惠州的空气治理已经取得了阶段性战略成果，空气中可吸入悬浮颗粒物的密度已远低于国家标准2000个/每立方厘米，达到了世界先进水平。啊，现在稻谷社长正走向市委市政府大楼，抬头仰望雄壮的双子塔，由于暂时性的尘雾天气，肉眼只能看见六层以下的建筑物，但作为主要投资方的稻谷社长还是赞赏地摇晃着尾巴，表示对我市第二建筑工程集团抓革命、促生产、高标准、严要求提前两个月完成工程并节省预算25亿元的先进事

1 请定义或描述什么是科幻。

简而言之，就是"如果……怎么样"。在这个what-if的大范畴下，若理论自洽，就是科幻；若仅逻辑自洽，就是奇幻。

2 现在人们对软/硬科幻的划分已经十分模糊。您觉得科幻创作还存在流派分歧吗？未来科幻创作的风格还会发生什么样的变化？

软硬之争肯定还会继续下去，这挺正常，不过流派划分肯定要复杂一些，比如分成科学原教旨、现实主义、轻幻想、中式蒸朋等等。从阅读速度来说，以后科幻的市场应该有两部分：适合快速阅读的轻科幻和需要缓慢阅读的重科幻，分别用来满足年轻读者和核心科幻迷的需求。

3 您认为科幻作品中的什么元素或是场景，最有可能在本世纪内成为现实？

最有可能的是生物科技，当前基因技术已经非常发达，如果伦理问题得到解决，人类生命科技会有科幻式的超高速发展。同时最不可能实现的是无数电影电视中出现的透明显示屏，在一个透明玻璃板上显示文字和画面简直是糟糕透顶的主意！

4 您对技术手段可能带来的"永生"，比如人体冷冻、意识上传怎么看？

海因莱因觉得用科学育种就可以创造出长寿人类。人类长寿是趋势，随着营养和医疗的进步，工作年限也会相应增长。意识脱离身体存在这件事在我有

张冉

◆ 淘宝店主，科幻作家，笔名朱邪多闻。前报媒、网媒记者，评论员。代表作《以太》《晋阳三尺雪》。

迹的欣赏和感激。各位观众，现在请跟着自动摄像机一起进入双子塔，我们将乘坐轨道电梯到达500层的同步轨道环，在那里欣赏银白色地球的壮观景象……"

"咔！"导演满意地点点头，"这场戏过了。今天就到这儿，明天任务比较重，大家好好休息。"

剧组人员开始撤除布景，绿幕后面那座城市一如百年前那样拥挤、潮湿、平庸，人们穿行在车流和建筑物之间，买菜卖菜、讨价还价、抽烟喝酒、嫖妓打架，一如几千年来我们一直在做的一般。

威廉·吉布森：赛博格的"蒸汽机时代" Googling the Cyborg

🕐 15'

关于自己作品中对技术的观点，威廉·吉布森做出了诚恳详尽的阐释。他写道："科幻里的赛博格是肉体与机器的结合体，而我们这个世界中的赛博格却是人类神经系统的延伸：电影、广播、电视，以及我们尚未完全理解的感觉方式的转换。对于人与机器的真正合体，我们恐惧已久，却也预期已久。其实它成真已有数十年，我们却没有去发现，因为它就是我们自己。"

作者
威廉·吉布森
（William Gibson）

译者
Denovo

◆ 一位来自未来的科学家正佩戴着一个配有全焦段镜头的微型照相机，用于记录工作的过程。右眼镜片的小方块用于瞄准物体。（图：《生活》（*Life*）1945年9月刊）

我与赛博格（cyborg）的第一次亲密接触，是共和电影公司1940年出品的系列电影《神秘的撒旦博士》（*Mysterious Dr. Satan*）。那里面的机器人曾经用于1936年的《海底王国》（*Undersea Kingdom*），后来又出现在1952年那部有着绝妙片名的《平流层僵尸》（*Zombies of the Stratosphere*）中。我能够说出这些电影的名字和日期，并不是因为我对共和电影公司的系列电影特别熟悉，甚至也不是因为我的科幻知识特别丰富，而是因为我的浏览器收藏夹存有Google的书签。不过我们回头再来说Google。

《神秘的撒旦博士》是我最初的观影体验之一。那大概是1952年，播放它的是一台电视，外壳是如假包换的实木，现在想起来真是奇妙极了。共和电影公司那些惊险剧集最初是分集在影院上映的，50年代又在地方电视台重播，播出时间是放学后，前面还有半小时的好莱坞卡通片。

我还记得当时被撒旦博士的机器人吓坏了，它们有庞大的圆柱形躯体，没有肩膀，双手像是巨型的大力钳，四肢是可以活动的金属管子。由于这些机器人在1936年就被造了出来，所以带着一种诡异的设计风格。不过当时的我对此一无所知。我只知道它们是我见过的最可怕的东西，简直不敢看它们威吓主角和女友的镜头。

现在想想，我当时对机器人有多少了解呢？我知道它们叫"机器人"，是"机械的人"。我知道这些机器人是撒旦博士的仆从。在当时的我看来，它们有自主意识，还是受控于撒旦博士？大概是后者吧，因为在这种系列电影里面，恐怖的机器人场景中都看得到远程观测和操控的存在。镜头会从凶狠的机器人切换到实验室，邪恶的科学家在屏幕上观看着机器人的暴行；邪恶的科学家会合上巨大的闸刀，让机器人变得更加穷凶极恶。

看这些东西的时间是50年代，之后我很快熟悉了"电子大脑"（electronic brain）这个词。它和"火箭飞船"（rocket ship）一样，代表着在人们预期之中，却尚未成真的东西。事实上，它当时已经存在，早在第二次世界大战之后就已经存在，只是绝大多数人还不知道。现在回头看看，这也是二战之后科幻文学最大的失误：所有人都盯着火箭飞船，却鲜有人关心电子大脑。而今天，我们都知道谁的影响更大。

电子大脑。如果给你一个，你会拿它做什么？在1940年，你大概会将它塞进一台机器。不是撒旦博士从亚特兰蒂斯（《海底王国》的故事地点）收来的二手货，而是真正有用的机器。比如说，密尔沃基的拖拉机工厂里，用来焊接片弹簧的机器。

科幻界有一个词叫作"蒸汽机时代"。自从人类第一次把汤水煮开，蒸汽振动了锅盖，人们就知道被压缩的蒸汽是有力量的。古埃及人制造过蒸汽机玩具，用来转动青铜球。但是一直到蒸汽机时代，我们才有了蒸汽机车。

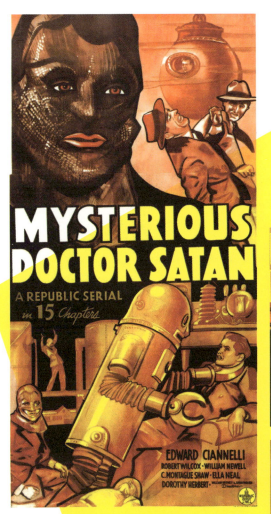

◆ 1940 年出品的系列电影《神秘的撒旦博士》的海报。

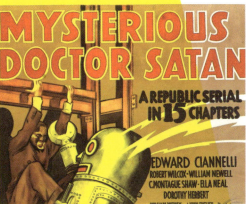

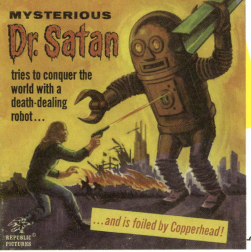

在1940年，你不会想到把一个电子大脑放在桌上，连接到一台打字机上，或者一台在1939年纽约世界博览会展出过的电视上。这样的场景是不是有点像……不过，"蒸汽机时代"还没有到，所以你不会这样去做。但是，一个叫作范内瓦·布什（Vannevar Bush）的人就去做了，或者至少去想了。范内瓦为富兰克林·罗斯福一手创造了我们今日所说的军工复合体，但人们记得他却不是为了这个缘故。我们后面会再说到他。

在撒旦博士的机器人之后，再没有机器人让我觉得那么恐怖了。它们仍然流连于科幻文学中，但总的来说，至少在我看来，是比较中性的。它们是好是坏，取决于故事里的主人是谁。艾萨克·阿西莫夫写了一柜子的小说，试图为智能机器人建立一系列硬编码的道德准则，但我对这些小说一直没什么兴趣。直到60年代，这些铁家伙和太空飞船一样，都不是我眼中科幻的有趣之处。那时候，如果想想阿西莫夫那些机器人的智能到底从哪里来，我应该是会有兴趣的，但是我并没想过。

还是"蒸汽机时代"未到。60年代科幻里我最感兴趣的是关于感知政治[1]的探讨，现在回看，其中部分就是以赛博格的方式进行，只是角度各异，变化多端。智能火箭飞船与人类互动的故事，还有人类在各种无奈情境下，变成了普通机器人的大脑的故事。这是一种投射，是对于界限的探索。与此同时，在科幻以外的现实世界，赛博格也即将到来，或者说已经越走越近。

1. 指美国政府的"感知操控"策略。根据美国国防部的定义，所谓"感知操控"（perception management）指的是"向外部受众传达和/或阻隔特定信息，以影响他们的情感、动机和目标推断的行动"。

但到来的并不是科幻中的赛博格，不是人与机器在物理上的合体。我们的文明太过拘泥字面含义，这也影响到科幻文学：对人与机器的合体的描摹往往是给颅骨接口来一个特写，而非日常、真实、自然而然却又无所不包的融合。

1952年，我在那台木头电视上观看撒旦博士的时候，真正的赛博格，广义上的赛博有机体（cybernetics organism）正在到来。看电视这种行为就让我成为其中一份子。当时的我们已归属其中，如今也仍在。人类已开始生长出一套共有的神经系统，用来做一些以前不可能做到的事情：远距离观看事物，看过去发生的事情，看已经死去的人说话，听到他们的言语。经验世界的绝对界限已经有了真切而显著的更改、延伸与变化，并将继续下去。而最最令人惊叹的是，这一切对我们来说完全自然而然。

科幻里的赛博格是肉体与机器的结合体，而我们这个世界中的赛博格却是人类神经系统的延伸：电影、广播、电视，以及我们尚未完全理解的感觉方式的转换。每个人在看电视的时候，都成为了电子大脑的一部分，进入了增强现实。在80年代有个热门词汇叫"虚拟现实"；而当时对它的描述却类似于——电视！只要内容足够引人入胜，你完全不需要特殊的全包裹目镜来屏蔽外部世界。你自己就能生长出这样的目镜。你已身在其中。你看自己最想看的节目时，别的什么也看不见。

对于人与机器的真正合体，我们恐惧已久，却也预期已久。其实它成真已有数十年，我们却没有去发现。我们没有去发现，因为它就是我们自己。而我们还沉湎于牛顿范式的机械观念之中，以为只有看得见摸得着的东西才是真实存在。事实显然并非如此。从木头电视流入孩子眼中的电子，它在孩子视神经上激起的神经元变化，这些神经元变化在大脑内的链接、结构和产生的化学物质，都与世间万物一样真实地存在。我们，我们所有人，都已经被包含在互相连接的神经系统之中，这是一个庞大的真实的结构，只是看不到，摸不着。

它就是我们自己。我们已经成为了赛博格，可是似乎只有神话才能让我们明白这一点。

"蒸汽机时代"。在70年代后期的某个时间。在加利福利亚州的车库里。索尼出产的机器狗爱博也只是略微卖得好一点儿。这年头，谁想要的不是一台更快更强大的电脑和更高速的网络呢？这才是热点所在。增强现实。给用户的，也就是给我们的增强现实。

事实上，人形机器人重新出现让我很失望。我还以为大家都已经明白，做事情并不需要有人形。如果执着于人形，花同样的钱就只能办更少的事，更不值。我心目中的现代高效率机器人，是携带地狱火导弹的美式"捕食者"无人攻击机，或是敌方的同类战机——五角大楼号称已经在CAD-CAM屏幕上见过，虽然还未曾目击。不过，这二者实际上都是赛博格，或者说有赛博格成分，因为它们既可以自主行动，又可以接受远程遥控。人类操控员与战机连线后，就组成一个赛博格。十多年前，有位朋友写过一部短篇小说，主角就是苏联的无人机，类似于"捕食者"，却是字面意义上的赛博格：这些小战斗机上载有飞行员，他们几乎没有身体，只有大脑装在瓶子里。然而时至今日，又何苦再去造这种东西？当然，如果这样能够让一些身体无法承受飞行的人能够体会飞行快感，我觉得也是很有价值的。但是，单纯从军事角度看，如果飞机上没有生物体，操控速度就可以超越人体能承受的极限。考虑到这一点以及其他战术因素，下一代的美国战机几乎肯定都是无人机。

2. 指NASA的"凤凰号"火星登陆器项目，研究人员遥控探测器在火星采样，并按火星时间生活。

火星时差。舒舒服服坐在加利福利亚的空军基地里，操纵一台Radio Shack出品的小车或探测器，就会遭遇火星时差[2]。真真切切的时差。这些人是最早体会到火星时差的人。在我看来，我们应该记住他们的名字，因为他们首次登上了那颗红色星球。然而，人类老套的思维方式，让他们的这种地位得不到承认。

这就是传统科幻未能预测，也无力描绘的东西。

前面提到过的范内瓦·布什并不是科幻作家。在二战时期，他是富兰克林·罗斯福的首席科学顾问，也是科学研究发展局的局长，指挥了原子弹的诞生。他在某种程度上创造了我们今日所说的军工复合体。1945年，他在《大

◆ 未来的"超级助理"：这台机器会录下作者的语音，并自动打在纸上。如果作者希望回顾之前的语音记录，它还可以回放出来。（图:《生活》（*Life*）1945年9月刊）

西洋月刊》上发表了一篇题为"诚如所思"（As We May Think）的文章。在这篇文章中，他想象出一个叫作"memex"的系统。memex是"记忆扩展"（memory extender）的简称。这篇文章可怕的预测力，在20世纪上半叶，没有任何虚构或非虚构的文字可与之比肩。

现在大家对这篇文章最深的印象，是它率先预见了我们所说的"超链接"。这是一种方法，用来组织离散的，但是概念上互相关联的数据单位。但我的解读却不一样。我觉得，范内瓦·布什预见了赛博格，就是我前面提出的，最根本意义上的赛博格。

尤其令人惊叹的是，他似乎并没想到这会和电子系统有什么关系。在文章开头，他想象一个工程师（见第31页图），一个技术狂，戴着一个"核桃大小"的相机，用带子绑在前额正中，快门由手持遥控器操纵。这个技术狂的眼镜里刻有十字瞄准线，他可以拍下自己看到的任何东西。

在布什想象中，这是前宝丽来时代的微缩胶卷装置，他称之为"干法摄影"，想象着这位技术狂工作时不断拍下项目现场、蓝图、文件。

接下来，他想象出memex本身，这是一张桌子（他还特别提出是橡木材质，让我想起1952年那台电视机），桌面上嵌入毛玻璃屏幕，用户可以在屏幕上调取之前用额头上那颗核桃拍摄的照片。桌子里还有用户所有的文件和商业记录，都存储为可读取的微缩胶片，还有各种专业图书馆的完整内容。

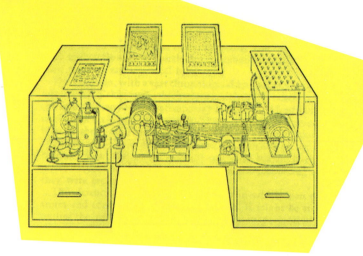

◆ 这张工作台样子的机器叫作"memex"，它能够即时调取任何主题的文件和材料到操作者的指尖下。倾斜的透明显示屏可以放大微缩胶卷，这些胶卷均通过代码存档。左侧的机器可以自动摄取手写笔记、图像和信件，随后将其存档进工作台，供日后参考。(图：《生活》(*Life*)1945年9月刊)

　　就在此处，布什推出了为他在正统计算科学领域赢得一席之地的那个想法：在数据中间标记出"踪迹"，可以用于导航，用于回溯。这就是超链接。

　　但是我从布什笔下的工程师，他的核桃大小的宝丽来，他那块毛玻璃，他的橡木镶边的桌子里，看到的却是赛博格。无论从传统科幻还是真正意义的角度看，都是如此。他的身上是增强现实，而非虚拟现实。他就是——我们！在1945年，甚至就算到1965年，都没有人比他的想象更接近我们今日的真实！布什还不知道那张桌子下面该有什么样的技术，所以他只能用自己的知识勉强应付，但是他所描述的，正是个人计算机。他对于这些装备如何使用的描述极其准确，至今想来都不寒而栗。用户的记忆是如何得到增强，如

◆ 一台正在使用中的memex：操作者正在透明的显示屏上给投射在左侧屏幕的材料书写笔记和评论。一旦这些笔记被摄取制成微缩胶卷，右侧屏幕下的代码会将这些笔记和之前的材料关联起来。(图：《生活》(*Life*)1945年9月刊)

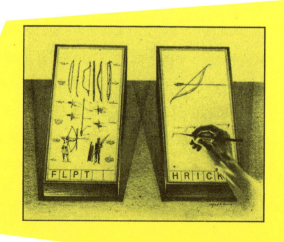

何连接到整个博尔赫斯图书馆，可以搜索，随时待命。Google！它就是那个memex，在等待那工程师的搜索字符串！

不过，在我们这个未来，等待的是互相连接的桌面系统，是网络。布什没有想到，我们会将memex都连在一起，创造出共用的图书馆。"蒸汽机时代"——他并没有到这个高度，但是在他的年代，他已经走得最远。

这就是我想说的赛博有机体：互联网。如果你承认，"实际存在"不仅限于看得见摸得着的东西，那么互联网就是，或者说很快就会变成地球上最大的人造物。就在这个讲座的同时，互联网正在超越，或者说蚕食我们的电话系统。我们参与其中，也实实在在是它的一部分。赛博格，我们正在成为赛博格。

所以对我来说，科幻里那种肉体与金属结合的赛博格，已经成为古老的符号之一，就像撒旦博士的机器人一样，源自于一位捷克讽刺作家眼中的与人疏离的苦力。而真正的赛博格，我们每天都参与其中，与它融合，生长，直到与它血肉相连。

我听到生物界有人宣布：我们已经停止进化，生物意义上的进化。我相信这说法。技术让我们停止了进化，而技术又将带领我们前行，进入一种新的进化，布什先生从未想见，我也绝对未曾预料到的进化。

接口会进化得越来越透明。最不需要特别关注的就是接口的生存和发展。对于接口硬件来说也是如此，所以那些颅骨接口、大脑插件、脖子上的螺栓，所有那些科幻赛博格身上科幻的硬件，看起来都已经有点落伍了。

真正的赛博格，是一个横亘全球的生物，它在我们的生活中无孔不入，科幻赛博格与之相比就像来自中世纪。科幻中的赛博格像是迷倒猎奇人士的情趣用品，或是召唤艺术家的画布。但我认为，大多数人对此毫无兴趣。真正的赛博格以一种更深刻、更微妙的形式存在于人类之中，越来越接近于粒子层面。未经增强的现实终将变成一种理论构想，就连想象它都非常困难——就像我们今天很难想象一个没有电子媒体的世界。

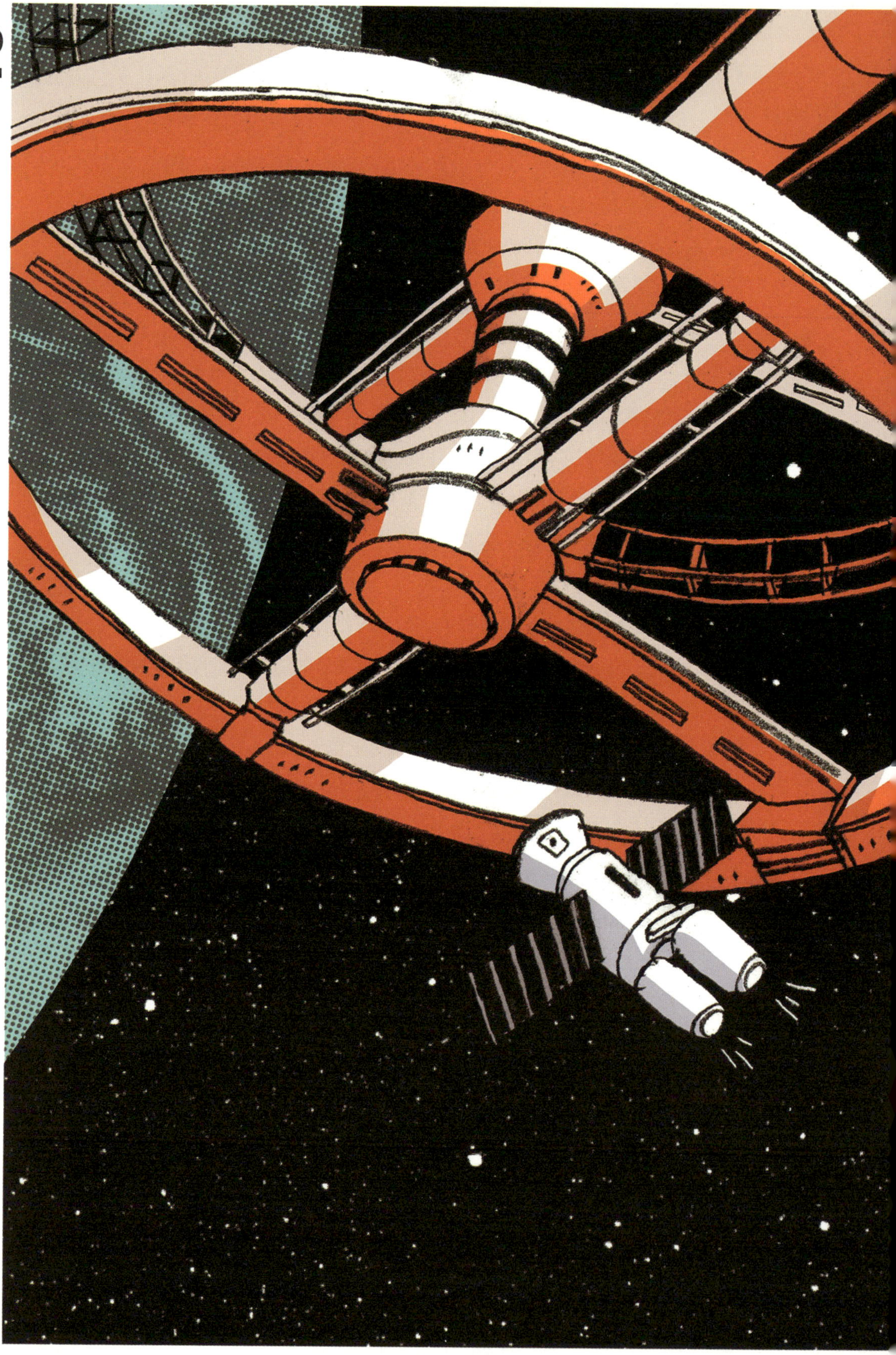

无处安放的火星梦
All Dressed Up for Mars and Nowhere to Go

🕐 40'

作者
埃尔莫·基普
（Elmo Keep）

译者
葛仲君

插画
乔什·科克伦
（Josh Cochran）

据说有20万名"勇者"报名参加那个有去无回的火星任务。但事实上，"火星一号"这个项目，比之前任何报道中描述的还要更加奇怪，也更加让人担心。

乔什（Josh）十岁那年住在澳大利亚的郊区，他盘腿坐在父母家干净整洁的地上，内心满是欢喜。那正是1996年的5月，澳大利亚裔美国宇航员安迪·托马斯（Andy Thomas）刚刚迈出奋进号航天飞船，踏在了肯尼迪航天中心第33号柏油跑道上。太空服的亮橙色反衬着天空的蓝色，他用略带英式口音、短促而沉稳的语调，描述着自己从太空中用上帝视角俯瞰他的家乡阿德莱德的情形。这些电视画面在乔什的心里刻下烙印，就像口香糖粘在鞋底上一样牢。

乔什觉得，安迪·托马斯就和自己一样。他过去是澳大利亚人，也是一个拼尽全力进入NASA（美国国家航空航天局）的人，一个到过太空又返回地球的人，而且似乎全世界的人都想和他聊聊他的太空之旅。既然安迪·托马斯可以做到，乔什也可以。到时候，那个在全世界媒体面前讲话的人，从千家万户电视里射出万丈光芒的人，全世界仅有的500个离开过这颗行星轨道的人之一，就会是乔什了。那一刻，乔什找到了想要倾注毕生之力的唯一追求：成为一名宇航员。

现在乔什29岁。他曾经是英国皇家海军突击队的一员，当过工程师、物理学家、爆破专家、采矿技术员，目前在当潜水教练。他为当今一位著名艺术家工作过，也当过单口相声演员——在一部名为《基斯——一只控制愤怒的考拉》（*Keith the Anger Management Koala*）的短片里，他饰演一个穿着毛茸茸外套、满嘴脏话的反社会角色。这个角色好像给乔什提供了一个角落，让他能释放那些在平日生活中无法释放的东西。那是一段相当诡异的表演。

2012年的一天，乔什正郁闷地坐在爱丁堡一家星巴克里。忽然，他看到一条信息，为一个刚刚启动的太空计划招募志愿者，申请进程即将开始。只是这个任务有一个小问题：它是单程的，有去无回。

去火星。

这正是他的机会，大机会。等的就是它。这么多年来，他都一直怀揣着儿时的那个梦想。终于，他的人生即将从此不同。

报名开始了，乔什填完了申请表。表里有几个问题：能否描述一次你感到害怕的经历？还有别的让你感到压力很大的经历吗？这次的任务是单程的，为什么这一点很重要？

他交了注册费，上传了一段视频来阐述自己为什么应该入选这个计划，然后点了提交。

然后，他开始等。

◆◆◆◆◆

火星一号（Mars One）是一家非营利性私营企业，注册地在荷兰。你可能知道它，因为它开过一个新闻发布会向世人宣布，已经有20万名申请者申请成为第一批踏上火星表面的人类。

虽然它并不是一家太空旅行中介，但公司声称，到2025年，他们会送4个地球移民去火星。它还说，最终至少会有6支男女混合的4人团队去往火星。他们会在地球上接受为期10年的训练，一切准备妥当后，他们会被火箭送进太空，永远不再回来。

公司预计，这项计划只会耗资约60亿美元，远少于NASA此前提出的任何载人火星登陆计划，而且他们公司就算节约不了数千亿美元，也能比NASA少花数百亿美元。火星一号公司也公开承认，自己"并不是一家航空航天企业，也不生产任务所涉及的硬件。所有设备都将由第三方供应商开发，并集成到已经建好的设施里"。这就是他们削减预算的方法——把所有东西都外包给私营企业。

从本质上说，此事就是一次市场营销活动。它有两个目的：一是让这次载人火星登陆计划在国际上引起足够的关注，这样就能通过众筹和广告收入筹集到数十亿美元；二是它要用这些钱来支付这个项目本身的开销——而这些钱里的绝大多数，都要从一部记录训练过程和火星之旅的电视真人秀节目赚到。

这项计划对全世界所有想成为志愿者的人开放。对他们没有任何特殊的资质要求，只要身强体壮、心理健康，而且自愿承担任务可能面临的风险就行。随着这个还在构建中的计划的推进，他们还需要证明自己是个灵活的学习快手，有能力掌握大量新的实践知识，这些知识不仅仅和压力巨大、错综复杂的空间飞行有关，他们还要学会基本的外科和牙科操作、资源循环利用的方法，以及如何在他们的余生里指挥并维持一支和谐而有活力的团队。

高达20万的申请者数量似乎暗示着，这个计划有着值得信赖的背景——所以才会有如此多的人愿意牺牲他们在地球上的生活，去茫茫太空中参加一个由大众支持、公司赞助的开源计划。人们对这场冒险的巨大兴趣清晰立现。

只是如果一切是真的就好了。

对我而言，乔什住在澳大利亚的另一头。到珀斯的航程几乎和从纽约飞到洛杉矶一样远。时间一小时一小时地过去，飞机穿越了广袤的纳拉伯平原，平原上巨大且干涸的沙漠占据了这个国家的绝大部分内陆。这里还有世界上最古老的原住民——澳大利亚土著人的居住地，以及他们的150种语言。最后是西澳大利亚，在过去的40亿年时间里，它所在的大陆架几乎没有变动过，这也让科学家们得以透过它这个门户，一瞥地球在最初形成时期的样子。

乔什父母的房子在珀斯的郊区，临着一条幽长狭窄的路，可以直接看到一个大湖，远处的湖水在正午的阳光下闪闪发光。乔什让我进屋，给我倒了一杯咖啡，他接电话的时候，就让我自己在院子里晃荡。乔什有点爱自嘲，而且经常在谈话间忽然开始咯咯地笑。他穿着深受澳大利亚男人喜爱的行头——短裤、运动鞋和连帽衫——哪怕在深冬也是如此。他的头发和胡子都不长，而且贴着他的头骨。忽然之间，我就明白了在过去六个月的通信里一直看到的他的网名是什么含义：劲爽干姜水（The Mighty Ginger），在当地俚语里指的就是红头发的人。他看起来就像一团紧紧缠绕的电源线。

当火星一号宣布，它总共收到了来自全世界20万份申请时，乔什的心沉

到目前为止，一共有过43个无人火星登陆计划，其中21个已经失败了。

火星冷得要命，平均温度是零下62摄氏度，虽然在某个炎热的夏天的中午，它赤道上的温度最高能达到20摄氏度。

火星上一片贫瘠，地貌只有冻结的冰冠、广袤的沙漠和巨大的山峰，此外一无所有。

而且火星可不近。

在被太阳风暴灼烧了数十亿年之后，火星几乎没有大气层，地表暴露在足以致命的大剂量辐射之中。大约每隔五年，整个星球就会被遮天蔽日的沙尘暴席卷一次，而且一次就是好几个月。

对火星一号的地球移民来说，他们的确得在这里安家了，没有回头路。永远没有。

到了谷底。这份 20 万人的名单里，肯定有一大堆战斗机飞行员、曾经的宇航局工程师、私人太空公司雇员、科学家、地质学家、各种博士和智商极高的天才，甚至还可能有诺贝尔奖得主——基本上会有成千上万人都比乔什够格。所以当他发现自己进入入围名单，要为到孤独的火星上度过余生而做准备的时候，委婉地说，他震惊了。

乔什申请火星一号计划之前，在荷兰的红发节（Redhead Days）上遇到了一个女孩。伊莱的头发不是红色，而是深褐色。乔什被她随和的举止和轻快的好心情吸引，两人深深坠入爱河。但飞向火星将是一个严肃的、改变生活的事件，而乔什知道，如果可能进入最终选拔的话，他必须全情投入其中。他甚至都没有等到申请截止，就和伊莱分手了。

"我知道自己为这件事情将要付出很多，所以没办法维系一段长期的恋情，"他说，"如果她因为我而不能去和其他人约会，我就是个很糟糕的男朋友。我必须做这么个决定，放弃这段感情才能投入计划之中。我得选择火星而不是她。"

"如果我不同意的话，我觉得那也不公平，"伊莱现在说，"那会让他陷入选择之中，可能最后是个两败俱伤的结果。要么他选择了我，然后可能在以后的某个时刻，他会因为被迫做了这样的选择而痛恨我；要么他选择离开我，去参与火星一号计划，也是一种双输的情形。所以现在就这样了啊，说实话有点傻。这不算是完美的情况。"对伊莱来说，乔什和火星永远是绑定的。

乔什从英国搬回了父母位于澳大利亚的房子，想确保自己所有的时间都奉献给火星。他竭尽全力争取进入火星一号的总决选。他出现在全国性的电视节目里、广播里、地方报纸上，谈论着火星一号；他来到小学教室，和年幼的孩子们大谈如何通过遵循科学的道路，来追逐他们的热情和梦想。他希望能有出版商来出版他正在写的一本书，书中认为，人类对火星的殖民，不仅会对人的身体、思想和灵魂产生影响，还会影响整个人类的未来。乔什这本书已经写了三年，五万字已经成型。他将自己拥有的一切——金钱、热情、浪漫情怀和职业心——都投入了火星一号的事业。

厨房里，乔什的妈妈谢莉为我们端上了一盘薯条和蘸料。乔什一杯接一杯地给我倒咖啡，我喝得心脏开始砰砰跳，以至于不得不拒绝他。谢莉拥有一头整齐的灰色短发，是她那个年龄的女性特有的短发——她们觉得长头发是给姑娘们准备的。她把昨晚做的千层面加热了一下作为我们的午饭。我尽量控制自己不要吃得太快，同时问谢莉，她对独子想永远地离开地球这事有什么想法。

"他够资格，也对此有足够的热情，这让我感到无比自豪，"她有点害羞地用一种沉静而克制的语调说道，"当他告诉我这件事的时候，我当时觉得'你疯了吗？'，不过现在我看到了他的热情。他每天早上都会因为要做这件事而起床，而且当他谈及此事的时候，眼睛都在闪闪发光。"

乔什插嘴说："你可能也见我做过几份不同的工作，但它们都不能让我变成这个样子。"

我说，如果我爱的任何人希望被火箭发射到太空里再也不回来的话，我都会紧紧抱住他们双腿，不让他们离去。

我问乔什，他爸爸大卫对此怎么看。"他表面上是很支持的。但是随着事情一步步变得现实起来，他变得越来越不支持了，"乔什笑着说，"他一个月前拉住我问：'这件事到底是想干什么？'"这个问题问了好久，没有人回答。

火星一号计划的核心成员只有三个人：首席医疗官诺伯特·克拉夫特（Norbert Kraft）、首席技术官阿诺·威尔德斯（Arno Wielders），还有公司首席执行官巴斯·兰斯多普（Bas Lansdorp）。（在公司网站上还列出了其他几位员工，但当我问兰斯多普还有没有人从公司拿工资时，他拒绝置评。）威尔德斯和兰

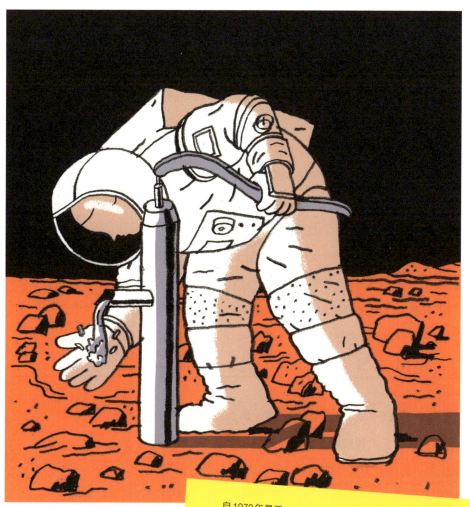

自1972年最后一次阿波罗任务以来，还没有人类离开过近地轨道，而长时间太空旅行的后果，也并没有在科技医疗文献中被广泛讨论。

有史以来在太空中停留时间最长的人，是俄罗斯宇航员瓦莱里·波利亚科夫（Valeri Polyakov），在已经退役的"和平号空间站"（Mir Space Station）里，他总共待了14个月；另一位前苏联宇航员瓦连京·列别杰夫（Valentin Lebedev）在轨道上待了211天，在这个过程中，他受到了高强度的辐射，导致他因白内障而双目失明。而飞向火星的航程预计将用时7-9个月。

斯多普都在荷兰，而克拉夫特则在美国加州的圣何塞，我通过Skype和他通话。

在加入火星一号之前，克拉夫特曾为NASA工作过，也为俄罗斯和日本的航空机构工作过，当时他的工作主要是为长距离空间飞行设计心理学测试模型。他在火星一号的任务是对20万名申请者进行筛选——对于一个人来说，这是一件很琐碎的工作。火星一号是一项等同于极慢性自杀的空间任务，而要对自愿接受这项任务的人进行适应性评估，会牵扯到一系列令人困惑的疑问。一个人能真正从心理上理解永远无法返回的残酷现实吗？如果极度的孤立导致机组中一人或多人心理崩溃怎么办？在前往火星的数月时间里，在飞船狭小的空间里，乃至在到达火星之后剩余的漫长时间里，他们该如何消除无聊、烦恼或者愤怒？是什么原因，会让有配偶或孩子的人，也愿意加入这项任务呢？

他带着浓重的澳大利亚口音说，剔除掉大量并没有认真对待此事的申请者，是很容易的事。"如果他们都没有填完申请表，那肯定就没戏了。有的甚至都不知道为什么要申请，对于那些问'是上火星还是上月球'的人，肯定也就剔出去了。"

"任何一个我们认为没有认真对待此事的人，都被我们看作是白痴。有的人竟然光着身子拍视频申请，我的意思是，你怎么能光着身子去应聘一份工作呢？所以筛起人来特别容易。"

克拉夫特说，在进行体检时，他们发现一些候选人得了重病，有人得了癌症，有人需要做手术。"所以可能我还救了一些人的命。"截至五月份，他已经把名单减到了700人左右。

克拉夫特认为，此次任务将会顺风顺水地完成，就好像只要对它有信心，它就能成一样——我被他的这种纯粹信念给震惊了。

"我想让他们尽快和地球完全脱开关系。这是他们的目标，他们会形成自己的社会。所以你想想，一切都从头开始，多激动人心啊。他们会形成自己的宪法、自己的法律，有自己的假期。火星上的时间肯定也和地球不一样，暴露在银河系的宇宙射线里，会增大患癌症和老年痴呆症的机率，同时还会抑制人的免疫系统。此类深空辐射还包括会在没有任何预警的情况下突然暴发的太阳耀斑，因此要建造一艘飞船来隔绝这些辐射、保护宇航员，同时还要让它足够轻，以装载足够的燃料——这目前还是一项进行中的任务。

但他们都需要靠自己来决定这些事情，这也是为什么得让如此成熟的人去火星。从一开始这事儿就得做对。"

火星一号任务的细节还很模糊。克拉夫特告诉我说，任何技术问题都由阿诺·威尔德斯回答，而后者断然拒绝了采访请求，通过公司新闻处回复说自己太忙了。于是我被指引着到了公司的网站。在一个标题为"技术篇"（The Technology）的页面上，它很乐观地表明了态度："在火星上建立人类居住区，并不需要开发什么新东西。火星一号已经访问了全世界几大航空航天公司，与它们的工程师和业务员讨论了需求、预算和时间表。现在的任务计划是以在这些会议上听到的反馈为基础编制的。"

在公司网站的问答区域里，我看到的几乎所有问题，从降落部件到生存部件再到航天服，现阶段都还停留在理论层面。这有点儿像还没有马呢，就把车摆上了，而且摆的还是用铅笔画的独轮车。比如网站上在提及将如何把人送到火星上的时候说："火星一号希望使用Space X公司的巨型运载火箭'重型猎鹰'（Falcon Heavy），它是'猎鹰9号'（Falcon 9）的升级版，而'猎鹰9号'是Space X目前正在用的火箭。在火星一号任务开始之前，有足够的时间对'重型猎鹰'进行精细调校。"

2014年夏天，一项异常情况迫使火箭启动了爆炸保护，从而导致了一支"猎鹰9号"火箭在美国德州上空解体。一个月之后，在NASA为国际空间站运送补给的过程中，一只俄罗斯产的火箭在升空后爆炸，火球的光穿透了沃洛普斯飞行中心（Wallops Flight Facility）上的夜空，在方圆几英里内都能看到。两周后，维珍银河（Virgin Galactic）的太空船二号（SpaceshipTwo）在莫哈韦沙漠试飞时爆炸，一位飞行员殉职，另一位飞行员受伤。对于那些在实践上比火星一号走得更远的私人太空计划来说，现在正是一个让人充满忧虑的时刻。

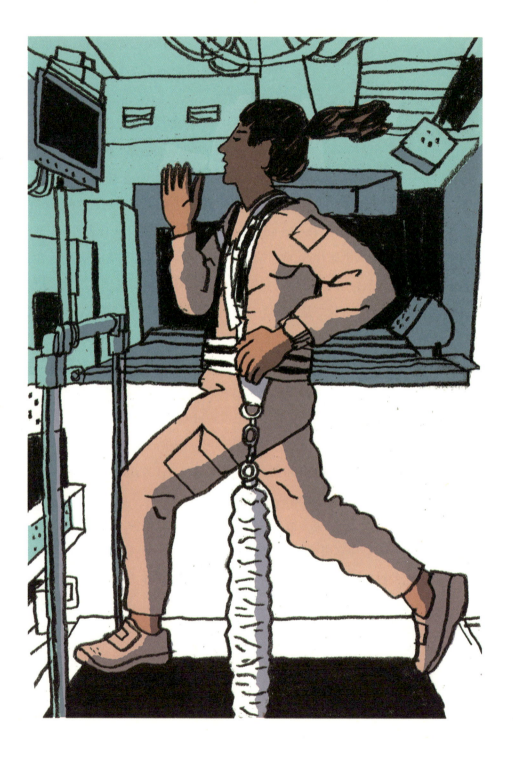

❖❖❖❖❖

　　吃完午饭，我请乔什带我到海滩去，因为我从来没有见过澳大利亚的这一边。当我们一到海滩，他养的那条黑色拉布拉多犬就像箭一样飞过了草地。海滩的两边都有好几英里长，海滩上是柔软的白沙，沙丘里长出了又硬又长的草。西澳大利亚的海岸永远面对着印度洋。那里的海沟有一万多米深，人们说，在其中一条海沟里，躺着MH370航班的残骸。

　　乔什有一本老友送给他的书，里面列着100个临终遗愿，他已经勾掉了60个左右。其中一些遗愿有点儿傻（去排一次队、跟着一位摇滚明星到后台看看），一些遗愿令人印象深刻（徒手抓鱼、救人一命），一些遗愿基本上没可能实现（写一本畅销书、用一张照片记录一个瞬间并获得大奖）。在乔什的遗愿清单里，有一件事没有写在那本书里，但如果他有幸入选最终阵容，他希望能在永远离开地球和移民火星之前，去做这件事。

　　"我做梦都想去南极和海豹一起潜水，"他说，"那得有多棒啊。"

　　我不会怀疑他对这个项目的承诺，但我也不由自主地思考，乔什在自己短暂的一生里努力去做的所有事情，他最后都会发现其实都没那么好。那份遗愿清单里，有很多项都是值得去做的人生目标，但他都做得虎头蛇尾。

　　乔什在珀斯的科廷大学取得了应用物理学的学士学位，但他无法理解为什么大学里的老师们每天都在处理那些宏大而基本的问题，他们没有那么活跃，从外表看来也没什么野心和渴望去体验这个世界。除此之外，他的父亲很久以来都希望乔什跟他进入武装保镖这一行——这也是为什么乔什会加入澳大利亚陆军，并且一开始是受训当一名

　　零重力对人体有着不良的影响。在飞向火星的旅程中，零重力每个月可能会导致人体失去20％的肌肉物质，以及造成1.5％的骨密度丧失。为了抵消这些负作用，执行长距离任务的宇航员通常都会把自己固定在飞船内，进行严格的健身锻炼。

　　火星上的重力只有地球的38％。这对火星移民的长期健康来说意味着什么，目前还未得知。

爆破工程师，后来又去做海军潜水员。但在过了一段时间以后，这份工作让他觉得无聊。

大洋洲矿产资源最丰富的地方，就在乔什家乡所在的西澳大利亚州，所以他的大学专业和工作都是和矿业相关。他自己是一位爆破专家，靠做这个可以在短时间内赚到很多钱。所以在一年多之后，乔什就攒了一大笔钱。他当时22岁，如果他所说属实，那时候的他并不知道自己下一步要做什么。

如果他能再诚实一点的话，就会承认他特别痛恨在矿业界的工作，以至于曾经因为过于抑郁，认真思考过自杀。"我每天都从地里把各种大块矿石炸出来，并没有在让世界变成一个更美好的地方。"他向我解释为什么有一小段时间，他觉得自杀可以解决许多问题，一了百了。"这就是我当时的想法。"

所以在2009年，乔什坐船去了阴雨绵绵的英国，加入了皇家海军突击队。皇家海军突击队久负盛名，是一支众所周知的精英部队。加入它的人都会先被击垮，然后再被重新塑造成高效的杀手，并经常被安排去执行秘密行动。乔什坚持了11个月。在一次外出训练时，他感染了莱姆病（一种因扁虱叮咬而导致的传染病），所以最后没能和他最初加入的那个团队前往阿富汗。即便如此，他还是明白自己必须离开部队，因为一位指挥官问了一位大概只有18岁的新兵一个问题：如果他们面对一个被绑在椅子上的疑似塔利班分子，他敢不敢近距离用枪打爆他的头？

"敢！"那位新兵毫不犹豫地说。

"我关上门，坐下来，说：'这到底都是一群什么样的人啊？'"

几天后，他提交了退伍报告。他没有工作、没地方住，也几乎没什么钱。但他很高兴。又过了几个月，乔什应聘了一份工作。英国概念艺术家达米

火星移民如何解决因缺乏太阳光照而导致的维生素D短缺问题，是有现成答案的。缺乏维生素D同样会导致肌肉和骨密度的丧失、抑制免疫力，最严重的后果是失明。因零重力导致颅压变化，进而作用在眼球上，也会导致失明。

空间旅行会严重扰乱睡眠状态，而在执行长距离任务的宇航员中，超过一半的人会服用镇静剂来帮助自己入睡。疲劳和没有生气的旅行会损害人的认知功能，并提高出现关键失误的几率，这也就是为什么宇航员每天只有6.5小时的"健康"工作时间。

宇航员还必须靠节食来生存，这更加剧了能量的缺乏。一旦他们最初带的补给用完，火星移民们就只能吃自己种出来的食物——基本上只有植物，还会有豆子，可能还有昆虫。

恩·赫斯特（Damien Hirst）正在为U 2拍一个视频，急需一位爆破专家。陌生的艺术世界让乔什头晕，但那份工作很有意思，一起工作的人也很棒，薪水也还可以，而且再也没人教他怎么杀人了。

"爱情内外"（In & Out of Love）是一个赫斯特在过去几十年里展出多次的装置艺术。这个作品就是在一间很大的白色房间里，放上数十只活的蝴蝶，让它们飞落在空白的白画布上，落在放着糖和水果的碗上，落在沿着墙脚摆着的植物上，当观众走进房间观看展览的时候，它们就会落在观众的身上。乔什负责饲养这些蝴蝶。慢慢地，他找到了通过小幅度调节湿度、温度和灯光，让这些艺术界的小明星们破茧成蝶，然后活上四个星期的办法。在没有任何正式培训的情况下，他发现自己竟然擅长做一件通常不怎么擅长的事——比如蝴蝶养殖业这种高雅艺术。其实有点儿奇怪，但也很美好，会给人以极大的满足感。

赫斯特手下的人流动率很高，所以虽然正值2012年泰特美术馆（Tate）回顾展的高潮，乔什还是被裁掉了。因为要离开，他感到很伤心。他觉得自己有责任照料好那些蝴蝶们。但他对艺术界也"有点儿厌烦了"，所以他准备花更多的时间，把激情倾注到单口相声上。他穿着自己的考拉装，到著名的爱丁堡戏剧节上去表演他的作品——《基斯愤怒地回头看》（Keith Looks Back in Anger）。很快，他又放弃当相声演员，准备去火星了。

一旦踏上前往火星的不归路，即使发现自己其实不想去，也没有别的办法挽回了。但可能对乔什来说，这才是他想去火星的原因：他将再也没有别的选择，他这么多年来一直在寻找答案的人生，只剩下了唯一一个目标。

◆◆◆◆◆

NASA内部只有少数人觉得火星一号"有点儿酷"，大卫·威尔逊（David Willson）是其中一个。他也是澳大利亚人，也从不因为自己是书呆子而感到难为情，还会在和我视频聊天的时候，自豪地拿着他的摄像头环视办公室，向我展示他用相框装起来的《星际迷航》海报，还有他的披风上印着的假UFO照片。

威尔逊目前正在"破冰者"2020年火星着陆计划（Icebreaker 2020 Mars Lander）工作。该计划是要发射一艘无人驾驶的飞行器，去探索火星的北极，并钻探火星北极的冰层，进一步寻找生命的证据。目前这项计划正在寻找资金。"这是一个先有鸡还是先有蛋的问题。火星一号要做的，是去成为那个吸引鸡过来的蛋，"威尔逊告诉我，"如果他们能为这项技术的研发创造一个市场，那么私人公司就会通过竞争把成本降下来，从而满足市场的需求。"

但要把人送往近地轨道以外并进入外太空，它所遇到的技术方面的挑战，现在还很让人恼火。只有先跨过这一步，才是考虑他们到火星以后会发生什么的时候。

想象一下你再也感觉不到有新鲜空气吹在脸上，再也感觉不到赋予人生命的阳光的温暖，再也不会听到交响音乐会，再也感受不到威士忌顺着食道一路辣下去的感觉。你再也不会赤脚踩在草地上，再也不会在暴雨后呼吸着空气的味道，再也不会看到孩子们在他们的秘密世界里玩着自己创造的小游戏。再也没有了你所爱的人，没有了释放的希望，没有了漫步的自由。吃的东西都没什么味道，也不会更换

消沉、焦虑、倦怠、幻觉以及长期的压力，都曾在实际的任务和模拟训练中出现过。也因此有过通讯的中断，或者是在执行任务的队和指挥官之间发生了冲突。

长期任务对宇航员有一个众所周知的影响，那就是当走到路程一半的时候，最初的兴奋已经消耗光了，而回家又看起来远得让人难受，所以当地球从视野里消失的时候，漆黑一团的外太空和永远不可能回头的感觉就会袭来。

最终，四位火星一号的移民会到达一个不适宜居住的外星世界，在两年的时间里，他们四个将相依为命，直到另一艘飞船送来另外四位移民——前提是他们也成功穿越了宇宙的真空，并最终如约抵达火星。除了彼此之间说说话以外，他们再也不会有实时和人聊天的机会，因为火星和地球之间中继通讯的最短时间是20分钟。

他们会成为历史上最被疏远的人类——这一纪录目前由迈克尔·柯林斯（Michael Collins）保持。1969年，他独立一人绕到了月球的暗面，不过他说过，在这次难以置信的独立航行中，他从来没有感觉到过孤独。

餐食。再也无法与深爱的人做爱。狭小的舱内空间、受限制的淋浴、一刻不停的工作计划……你将面对黑暗和孤独，睡眠没什么效果，你还要经历持续的担心、长期的压力、高度紧张的精神，以及无时不在的死亡威胁。

当我和乔什在海滩上走的时候，我问他在地球上最后一顿想吃什么。"培根和鸡蛋！我会想它们的，真的。"为了这次去火星的单程旅行所做的任何模拟，比如在南极或者在一个夏威夷的小岛上进行模拟，在很冷的沙漠地下建筑里或者在海底待500天，都算不上真正模拟人在火星上的状态。因为在模拟结束后，他还会回到坚实的大地上，和他所爱的人在一起。人在火星上的真实状态，应该就像被判了死刑一样。

一天晚上我做了个噩梦，几个月来，每当我回想起它，还是会觉得害怕。在梦里，我到一个巨大的飞机库里去见乔什，飞机库里停着的是火星一号飞船，他很激动地带着我到飞船上走了一圈。我恭敬地跟着他上了飞船，模模糊糊地注意到其他三个穿着宇航服的人。谈话间，几个小时过去了，最后我从飞船上的小圆窗户看出去，惊恐地发现我们在黑漆漆的太空里。"是啊，"乔什说，"我本来想告诉你是今天发射的！对不起啊，你现在也成为我们中的一员了。"极度的恐慌让我呼吸急促，我感到一个很重的东西压在了我的胸口。

我一下子醒过来，猛吸了一大口气。几个月来，脑袋都没有一个核桃大的小鸟在我的窗户外面住了下来。每天一大清早，它就用我听不懂的歌声大声唱起来。有时候，就算隔了三间屋子，房子里还放着音乐，我都能听到它的叫声。在楼下的花园里放鸟食，也无法吸引它下来。过去我觉得它很烦人，但在那个时候，它的叫声却成了我听过的最动听的声音。我一把推开窗户，呼吸着清晨凉凉的空气和蜜露花的香气，看着一弯模糊的残月挂在无边的蓝天上，为了确认我自己是在地球上，我伸出手去，摸到的是结实的树干和粗糙的树皮。

我是无论如何也离不开地球的。

最终我得以见到了火星一号的发言人，联合创始人兼CEO巴斯·兰斯多普。见到他的时候，他正在等着赶飞机回荷兰。"我会努力小声说话的。"他说。

兰斯多普原来是做风力发电的，但他现在把自己的专长领域标榜为"企业家管理、公开演讲和创业"。我问他，为什么火星一号对他来说是如此重要，以至于尽管他说过很多次绝不会亲自去火星，也一定要实现这个目标。

"对于现在的世界来说，去火星正是我们要做的事情。我觉得它能给我们一个共同目标，激励我们一起努力并为之奋斗，从而把人们团结在一起。让年轻的孩子们为太空探索而感到兴奋，让宇航员们取代流行明星而成为人们心目中的英雄。但我认为，宏观上它能给我们一个共同的目标，能在远处的地平线上点一个点，这是最重要的。"

全球人民团结一致是这个项目的目标？我问他。

"老实讲，对我来说，这个项目的重要性不是我最关心的，我只是想把这件事做成，"他面带困惑地说，"对我个人来说，真的就是想建一个火星基地，让人类居住。比起宏观上的各种东西，我更关心技术层面上的挑战和建造基地所要面对的挑战。"

我问他，NASA提议进行一次返回式载人任务，那他又如何能在预算相对较少的情况下，实现成功发射呢？

"正如你所想，有很多人问我这个问题。这里有几个不同的因素。首先，火星一号是个私营组织，我们没有政治上的责任，这也就意味着我们能在价格最优的条件下，找到最好的供应商。NASA的问题是，如果他们做一个像好奇号月球车那样的任务，那它的每一个部件都是来自不同的州的，因为每个州都会向NASA注资，而它们基本上都想让自己的钱能赚回来。火星一号则不存在这个问题。"（NASA的大卫·威尔逊说："不，我觉得他说错了。选择供应商是一件非常严肃的事情，NASA和美国政府不会偏向任何一方。进行竞争性选择判断的基础除了成本以外，还有许多其他因素。"）

"还有一个原因，是因为航空局太不愿意承担风险了，所以它们的成本

最初的一批火星移民很可能会把大部分的时间，花在维修各种维持生命的设备上。"替换零件、换牙刷、换厕纸——这些符合现代社会标准、而且人们都会做的事情，到了火星上以后就会大大降低人们的生活质量。"威尔逊说。

"很可能到最后，他们过的就像是我们在18世纪时过的生活。各种设备变得更简单，厨房工具也变得更简单，所有方面都变得更简单。可能就像时光在倒流一样。也许他们会像鼹鼠一样生活，"威尔逊说，"但我觉得那些志愿者们并不想这样度过余生。"

就变得极其高。它们不允许任何失误，所以就要花很多纸面工夫去确保安全。而我们认为，为此次任务承担高一点的风险是完全可以接受的，而且能显著降低成本。"

这让火星一号听起来有点儿像星际间的Uber。如果制衡制度成本过于高的话，不妨放手让私营企业来做。如果在执行任务的过程中，有人可能会有生命危险，那就让他们签个豁免书。不管是NASA、欧洲航天局（European Space Agency）、日本宇宙航空研究开发机构（Japanese Aerospace Exploration Agency），还是任何一个政府，都不会有意让它的国民死在太空里，它们也肯定不会把他们送上太空，而不想办法让他们返回。

火星一号在它的供应商页面里列出了Space X，但Space X目前并没有和火星一号签署协议，而且在邮件里反复强调说，它一直欢迎和所有对此感兴趣的机构展开合作。确定和火星一号签署了协议的是洛克希德·马丁公司（Lockheed Martin），目前它正在进行一项无人飞行器的可行性研究，而这个飞行器的基础，是它2008年制造的"凤凰号"无人火星探测器。但在它收到火星一号的有效载荷参数之前，这项可行性研究是无法完成的——而火星一号最近才要求各大高校提供具体的有效载荷参数。洛克希德·马丁公司确认说，它们之间的协议已经在执行了，它在等待火星一号具体有效的载荷参数。据火星一号称，这个探测器预计将在2018年发射。它还在和完美太空发展公司（Paragon Space Development Corporation）合作，进行着一项航天服概念设计——首先他们要设计出一个实实在在的航天服样品，而火星移民们在上天以后，就要待在这套航天服里。完美太空发展公司一位代表在回复邮件时说："我们很看重火星一号外包给完美太空的具有挑战性的工作，而且我们期待着在火星一号项目进行的过程中，和他们开展长期而不断发展的合作。"

火星一号目前签署的另一项协议的合作方是娱乐公司Endemol旗下的一家公司，Endemol是电视真人秀"老大哥"（Big Brother）的制作者。两家公司是在一个联合新闻发布会上宣布合作消息的，但当请Endemol对此次合作给予评价时，它并没有确认根据此次合同制作的节目只是一次试播，还是它们授权制作整个系列节目。公司的公关总监写道："事情现在还处在非常前期的阶段，我们还无法提供比新闻发布会上的新闻稿更多的信息。"

一档电视真人秀，是火星一号计划中很关键的一环。它想通过这档节目筹集到必要的资金，通过广告收入和出售播放权来为火星一号任务提供实实在在的资金支持。现在的计划是，在最终入选的候选人为期10年的地面训练过程中，从选拔过程到飞船发射，对他们进行7天24小时不间断拍摄，然后继续直播火星任务本身，把火星上的影像播放给地球上的观众。

目前为止，还没有任何一家电视台购买这档节目。

对于这档太空版《幸存者》（ Survivor ）的广告权和播放权，火星一号预计从中最多收入80亿美元。这一预计是基于最近的奥运会广告和播放收入估算出来的。有了这笔钱，火星一号就能购买航天飞行技术了，而在10年的时间里，像Space X这样的公司也会完善相关的技术，为火星一号的宇航员踏上征程做好准备。只是有一个小问题，那就是没有电视节目就没有钱，没有技术就没有这档节目，没有钱就没有相应的技术，而且有可能相关的技术无法按时到位（也许永远无法到位），所以火星一号在它的网站上说，整个计划是可以灵活调整的。

由企业执行的太空任务，以前曾经在科幻小说和电影里出现过许多次。它们描述的情形中，有一个版本和火星一号在《宇宙学期刊》（ The Journal of Cosmology ）上提出的计划很像。《宇宙学期刊》是一个饱受争议的在线期刊，编辑是朗恩·约瑟夫（ Rhawn Joseph ）。大家很可能是通过一场约瑟夫和NASA的诉讼认识他的。在那场诉讼中，他指控NASA没有对好奇号火星探测器在火星表面发现的一个物体进行充分研究。约瑟夫认为，那个物体可能是一个活的有机体。结果经过调查发现，它不过是块石头。

2010年，约瑟夫写了一篇文章叫"推销火星：资助人类上火星，并在那个红色星球上建立殖民地"（ Marketing Mars: Financing the Human Mission to

Mars and the Colonization of the Red Planet）。在他的计划里，最大的收入来源就是一档电视真人秀节目，节目会把训练和执行任务的每一分钟都记录下来，并向全球观众播放。这档节目结合了"超级碗"、奥运会、NBA、《星球大战》和《美国偶像》。看着他的计划我开始想，观众会如何对这些宇航员的性命下注：他们会在降落火星表面的过程中幸存吗？谁会精神错乱或伤害队友呢？在食物吃完以后，他们能坚持几天？氧气循环系统坏掉的话，他们能在窒息前修好它吗？

约瑟夫称，火星一号公司窃取了他的火星融资计划，并说他的知识产权被用于骗钱。他在邮件里写道："火星一号收了那些'容易上当的人'40美元，让他们申请参加一个有去无回的火星任务，但实际上，它的整个计划不过只有一个网站。"兰斯多普否认火星一号盗用了约瑟夫的想法，他说，他们的想法其实是受到了玛丽·罗琦（Mary Roach）在2010年出版的《打包去火星：一片虚空中的生命科学》（Packing for Mars: The Curious Science of Life in the Void）一书的启发。

约瑟夫拒绝了我到加州当面采访他的请求，但他在邮件中说："像火星一号这样的骗子老是会冒出来。骗子就是骗子。你可以引用我的原话。"

◆◆◆◆◆

根据你对宇航员这个职业的迷恋程度，也许你知道有这么个人叫"指挥官克里斯·哈德菲尔德"（Commander Chris Hadfield）。或者说，他就是那个因为在国际空间站里唱大卫·鲍伊（David Bowie）的歌而走红的宇航员，也是那个有史以来第一个在太空行走中致盲但幸存的人。那次太空行走时，他的宇航服内衬破了个洞，几滴微小的化学制剂跑进了他的双眼。"他们有一种……我不知道该怎么说……很大的自我欺骗性质的乐观主义，认为这个项目能成。"他在电话里说。从他的语气里，我感觉到了一种深入浅出地解释复杂情况的轻松，而且他很乐意做这件事。"我担心这些人的幻想最后都会破灭，因为从表面上看，这件事肯定会失败。他们正在挑选队员，所以自然而然所有人都因此变得兴奋。"

"去火星是很困难的事，"哈德菲尔德又说，"正如历史上最成功的宇航员约翰·杨（John Young）所说：'火星比我们任何人想象的都更远，空间上和时间上都是。'"

哈德菲尔德说，火星一号甚至连任何载人太空任务中最基本的出发点都没有做到：如果没有载人火箭的具体参数，如果不知道这些人要待的舱位的具体大小，就无法开始选拔将要在其中生活和工作的人。

"无论什么时候有人来问我，我都会认真建议每一个对火星一号感兴趣的人，从现在开始问一下这些难题。我想看看正在绕着地球航行的飞船的技术参数，我想知道航天服在火星上是如何工作的？给我展示一下它是如何增压和降温的。手套的设计是怎样的？所有这些东西都不能买现成的，因为都没有现成的。你可不能跑到SpaceMart（指太空超市）去买这些东西。"

让哈德菲尔德记忆犹新的是他九岁的时候，和家人在电视里看着尼尔·阿姆斯特朗（Neil Armstrong）走下阿波罗号的情景。自那以后，他就从生活的各个方面认真调整自己，尽自己最大努力，希望有一天能进入太空——在经历了26年的工作和训练之后，他实现了梦想。而他也不是那种会习惯击碎别人梦想的人。

"13年前，我们开始在空间站里生活，所以当我们离开地球的时候，基本上就算是把太空当成了一个星球，并开始了移民的努力。接下来的几步就是登上月球、登上小行星，并最终登上火星。我们为了移民太空，绝对需要花几代人的时间，在月球上先做一遍，学习如何做所有的事情——怎么样彻底循环利用水和氧气？怎么样抵御辐射？怎么样才能让人不发疯？怎么样设计那里的政治制度和指挥架构，才能在当我们犯错误的时候，不至于让所有人都死掉？我们该怎么样弄清楚所有这些问题？"

"这不是一场竞赛,也不是什么娱乐事件。我们探索世界不是为了娱乐大众,而是把它作为人类好奇心和匹配能力的自然延伸——这才是会持续推动我们前进的动力。"

他的专业质疑随后得到了印证。2014年秋天在多伦多举办的第65届国际宇航大会(International Astronautical Congress)上,四位麻省理工学院战略工程系的研究生展示了他们35页的论文,他们对火星一号现有计划在技术上的可行性进行了独立评估。学生们的结论是,(在有其他许许多多担心的前提下)种植庄稼所需的氧气将会很快升高到致命的水平,让湿度几乎变成100%,因而需要一种技术把氮气和氧气分离开(这种技术目前还不存在);而火星栖息地将会存在严重的火灾隐患,火星移民也会窒息而死。

第一个死亡者,将在降落火星后的第68天出现。

对于公司的账务状况,火星一号的CEO巴斯·兰斯多普一直含糊其辞。

在其网站上,火星一号售卖着各种商品。一个页面上列出了"白银级赞助者",其中包括一个小型科学博客、一家德国电影制作公司、一个制作CD-ROM的扫描服务、一家翻译机构、一个叫Byte的网站托管服务(它的名字出现了两次,火星一号的联络总监曾在此公司工作)、一系列关于移民火星的科幻小说、一家消费电子零售商,以及一个开源3D打印软件提供商。在联络了其中一个白银级赞助者以后,我了解到,成为一名白银级赞助者的成本还不到10 000美元,但这个赞助者不愿意说出具体是多少钱,而且要求匿名。火星一号还在到处寻找愿意无偿为它工作的设计师,以帮助他们通过横幅广告的方式传播火星一号的信息,他们给设计师的回报就是一些火星一号的商品(比如一个马克杯)。火星一号还按国别列出了它收到的捐款总数,从多到少排列,来自波黑的一美元赞助者都在列。目前的总数是633 440美元

（其中约一半来自在众筹网站 IndieGoGo 上的众筹活动，那次活动本来打算筹集 40 万美元，但最后只有 8 000 多个赞助者，赞助了 313 744 美元）。而和此次任务列出的 60 亿美元预算相比，这些钱只占到其中的 0.01％ 多一点。

"现在，火星一号的资金来源有投资者和来自全世界的捐助，以及正在帮助我们的小企业。我们正在和一些非常大的公司谈判，看它们是否有兴趣和火星一号合作。"兰斯多普说。但他不愿意具体说出都有哪些公司，以及它们的投资会是什么方式。他只是说，公司目前的资金够做完无人着陆器的可行性研究和对航天服的研究，而且这两项研究现在正在进行中。

火星一号公司宣称，有 20 万人申请参加这次单程太空旅行。当火星一号的宣传部门发布了这个大新闻以后，全世界的新闻媒体都着急忙慌地捡起了这条消息。就连宗教领袖都发表了评论，但伊斯兰事务和宗教基金组织严令禁止穆斯林申请该项目，称离开神圣的地球是对真主的侮辱。

但公司的首席医疗官诺伯特·克拉夫特对《卫报》说，他正在筛选的申

请者是8万名，不是20万名。NBC新闻汇总了在火星一号网站上的视频申请者，总数是2 782名，每个人支付的申请费从5美元到75美元不等。我问兰斯多普，在为本文做事实核查的过程中，我能否看看申请者的名单以确证申请人数。我还问他，这20万人的兴趣方向都是什么，是否有一天会公之于众。他的回答……很难懂。

"我不知道这些是否有一天会公之于众，但他们已经在我们的网站上申请参加我们的项目，"他说，"然后经过一些步骤，有人会被筛掉，这才是重点。申请过程有点儿像自我选择，因此我们不必检视所有人。第一步是支付申请费，有一些人在这个环节就被筛掉了。然后申请人还得做一个视频，还得回答一些问题，以证明他们没有在申请动机上撒谎，在这些环节会筛掉许多人。"

我又问了一次，整个名单是不是能给我来确证申请人数。

"我们当然不能分享申请者的细节信息给你，那是保密的，涉及到不能分享的隐私信息。"

我提了个建议，说他们可以在让我看名单之前，把申请者的名字处理掉，以保护他们的隐私。

"啊，那样不行。我不愿意和你分享这些信息。"

他后来给我发了封信，邀请我自费前往火星一号在荷兰的总部亲自看看那个名单，但不能照相。"我还需要在你的文章发表前先读一下它，如果我不喜欢你写的东西，我会保留拒绝你看申请者名单的权利。"

我告诉他，那当然是不可能的。

◆◆◆◆◆

这篇文章我已经写了一年多了，当我开始的时候，是想弄明白一个最明显的问题：为什么？为什么人类需要移民到火星去？是什么样的动力，能让人永远离开地球，到冰冷的外太空里荒凉的石头星球上赴死？而我们花费数百亿（甚至数千亿）美元，把一小撮人送去火星过18世纪的生活，又能给我们带来什么实际的好处？难道我们不能更高效地在地球上花这笔钱，实现保卫人类未来的终极目标吗？

巴斯·兰斯多普告诉我，人类社会已经迷失了方向，年轻人应该崇拜探索者，而不是崇拜流行明星。我也听过大卫·威尔逊解释说，如果我们能证明火星上有生命，无论它的形态有多原始，我们都得从根本上重新评估一个概念：我们到底是不是宇宙中唯一的生物。我也读过埃隆·马斯克（Elon Musk）半开玩笑式的那句"去他娘的地球！谁在乎地球啊"，我也曾采访过政府空间机构里可称为天才的人，也被NASA的人聪颖的头脑惊到过（肯定和火星一号的人想的不一样），从而才了解了为什么太空探索这么贵：因为它太难太危险了。

而兰斯多普告诉我，火星一号"只是想把这件事做成"——不管结果如何，不顾太空飞行带来的生命危险，不负责地让别人把梦想寄托在火星上，只为实现自己的计划。因此从伦理和道德上，火星一号都是一个不可接受的计划。

我还想到：驱动着这家公司的，是古老的不能容忍的对死亡的焦虑。在火星上建立一个移民前哨站，是为了永生——那些成功的人可以延续人类的历史，推迟人类难以避免的灭亡。有人相信我们能把人类的经验通过向太空发射信号送出去存起来，还有人相信我们可以在一个碰巧和我们相邻的星球上，重新建造一个不大可能成功的栖息地——至少对这些人来说，去火星是一个可行的事儿。

和乔什在海滩上散步那天，我想到了曾经在网上读到过的东西。最先跳进我脑海的是"遥远未来的时间线"（Timeline of the Far Future），它是一系列超出我们所能理解的时间维度的，关于生命理论和宇宙的假说。看完以后，我被我视野里看似在强烈膨胀的房间墙壁吓了一跳，而且我短暂失去了听力。后来我躺在办公室的地上，哭了很久很久。

◆◆◆◆◆

我知道我必须告诉乔什所有这一切。

我会告诉他，从我收集到的所有信息来看，火星一号从任何一个方面讲都没有资格承担这项人类历史上最大、最复杂、最大胆和最危险的探索任务。他们没有钱来做这件事。实际上申请的人也没有20万。出于善意，我不会把它归为一场骗局——但即使从最好的情况上看，它也不过是个让人吃惊的自大的幻想：他们凭借对自由市场、对科技、对媒体、对金钱的绝对信任，想通过某种方式奇迹般地做成一件大事。而政府机构里数千个高素质人才穷其一生默默无闻地工作，历经数十年的努力尝试，慢慢地通过一个又一个来之不易的突破，才只取得了一些进展，但到目前为止还没办法做成移民火星这件事。我想告诉乔什，他不应该不断地把希望寄托在一个假设的未来上，而让作为人类的他错过身边的机会。他不应该放弃得以创造生活的工作，放弃和我们一起生活在这个乱得可怕、不完美的、难以想象地脆弱但却一直很温暖的地球上。

坐在横穿澳大利亚的航班上，我思考着自己该如何开始这段谈话，这几乎耗尽了我所有的心智。

那天晚些时候，乔什和我面对面坐在软软的沙发里，彼此看起来都很小。太阳落山了，我们周围的房间暗了下来。我问乔什，如果火星一号最终没能成功，他会怎么想。如果他一路通过了选拔，但最终任务永远也不会启动，他该怎么办。

他静静地想了很久，然后小声地说："我会很失望，很失望。但我会当它已经成功了。"乔什沉默了，他在沉思，还有点儿精疲力竭，和我们上次谈话时很不一样。

对于一些像乔什这样的人来说，火星一号是对真实目的和归属感的追寻，是这些人想变得出类拔萃的热望。"它已经给了我方向，也给了数万人方

向。我想，为什么我会这么努力地去接受它呢？就是因为我曾经在部队里看清了一切一切的事情。可能我们能够从自身上超越'必须保护自己'的想法，从而有动力去探索。"

在我们谈话的时候，这项任务里一些最无法逾越的困难出现了：缺乏资金，选拔小组成员不公开，Space X 也没有签合同。乔什自己理性的一面也占了上风。无论如何他都不傻。当我说克里斯·哈德菲尔德对火星一号抱有认真的保留态度时，乔什说他并不惊讶，他也知道有其他宇航员表达过他们的质疑。特别是在这些质疑的宇航员中，有一个人是他一直敬仰的：安迪·托马斯。

"他痛恨这个项目，"乔什说，"他完完全全地痛恨这个项目。"

从某种层面上，乔什知道火星一号提出的计划很可能成不了。至少在它框定的时间范围里，靠它说的那些钱成不了。但让乔什一直抱有希望的，正是那一点它可能成功的最小最渺茫的机会，这点机会让他从欧洲回到了家乡，离开了真心相爱的姑娘，并把所有的能量都倾注到了火星一号上。他要通过自己的不懈努力，让它变成现实。

"它就像是神话学大师约瑟夫·坎贝尔（Joseph Campbell）写的《千面英雄》（*Hero With a Thousand Faces*）一样，"他把身体前倾，让手肘抵在膝盖上说，"除非你能进入英雄堂，否则就不要载誉而归。你把荣誉带回来，也只是在旧世界分享它，但我要的是待在那里冒险，叫其他人随我而去。"

"这才是我愿意报名去走这条不归路的原因。"

一种工具，一个故事：科幻如何影响技术的未来

Imaging Technology

🕐 60'

作者
乔恩·特尼
（Jon Turney）

译者
梁涵

科幻写作不仅是文学上的表达工具，还是日常生活中的辅助手段，它们是我们理解世界的途径，非常重要。

——布鲁斯·斯特林

1 过去的未来

你品着美味的咖啡，浏览着电子屏幕上的个人定制早间新闻。"金融消息：在经历了对海底城圆顶原型压力密封性的恐慌之后，你购买的海底城债券收益惨淡，但你购买的小行星矿业的股票一路攀升。总体而言，有得亦有失。"

这时，你收到妻子发来的信息。她的撒哈拉造林计划考察之行提前结束了，她应该会乘坐中午的特超音速航班，下午茶时就能到家。也许你们还能赶上今晚零重力舞蹈秀的首次公演。

该出门了。你享用完营养均衡的早餐，向餐桌发出指令，命它收拾好所剩无几的残渣。孩子们已经等不及了。他们已经在媒体室里开始上今天的第一堂课，扮演教师兼玩伴角色的机器人正在带他们体验史上第一场奥林匹克运动会，这场虚拟现实之旅是基于最新的年代探测结果重现的。为了不打扰他们，你录下一条提醒，让他们准备好下午参加附近休闲公园里举办的潜水比赛。

在自动驾驶仪的控制下，你的飞行器在这座城市的房屋间、街道上穿行自如。每天，你都能看到邻近乡村里第一阵穿透云层的雨水如期而至。在这里，耕种机器人孜孜不倦地照料着天空下的田地。地平线处，为一切提供动力的核反应堆在阳光下闪闪发光……

以上描述的一切并未真实发生过。生活在21世纪的人们意识到，我刚刚编造的拙劣故事，讲述的是人们曾经设想过的未来。更早些时候，作家们设想的一些发明如今已经实现，而另一些则未实现。也有一些他们从未设想到的发明成为现实，走进了我们的生活。但我们的日常生活仍和过去一样，远远谈不上完美，也很少有人指望这会有所改变。

至于科幻，和这一切又有什么关系呢？

◆ **科幻中的技术** ◆

这篇文章的主要目的是评价科学幻想对技术发展的影响。科学幻想（以下简称科幻）似乎的确是寻求技术发展灵感之所。这种文学类型的界线相对模糊，因而，给"科幻"一个无懈可击的明确定义是不可能的事（甚至连分别给"科学"和"幻想"下定义也很难）。但评论家们一致赞同达科·苏文（Darko Suvin）曾提出的一个经典定义。他认为科幻是"一种文学类型，其必要与充分条件为疏离与认知的互相作用，它的主要形式是一个不同于作者的经验环境的架空世界"。换言之，"架空世界"即另一个世界，它可能属于未来，也可能是当今世界的另一种可能性。

苏文进一步阐述，科幻故事至少具备一种"新奇"（novum，拉丁文），它造成了区别读者所处的现实世界与作品中的虚构世界的关键性差异。"新奇"的形式各异，但在大部分科幻作品中，"新奇"都来源于科学。不过，这种说法也不完全正确。除此之外，评论家兼科幻小说家亚当·罗伯茨（Adam Roberts）认为："事实上，19、20世纪创作的科幻小说绝大多数是'未来技术小说'。"因此，其中涉及的"新奇"大多带有技术色彩。罗伯茨强调，任何概括性的说法都可能存在问题。但他也表示："我们发现科幻最核心的部分是工具与机器，比如：太空飞船、机器人、时间机器和虚拟技术（计算机与虚拟现实），它们是该领域最常见的四个概念。"

这意味着科幻作为一种文学类型，是设想当今及未来技术所产生的影响的重要途径。在科幻作品中的众多世界里，技术以各种方式改变了我们的生活，或是赋予我们更多的可能性，或是对我们产生了更大的约束，不过，这些改变都是我们至今未曾体验过的。我们是否能真正体验它们，则可能受到技术在这些架空世界里扮演角色的影响。

◆ 技术中的科幻 ◆

技术不仅是聪明的构想，还关乎实践的方式及一些工具和装置。人工制品经常是公众讨论技术时涉及的话题。和科幻一样，技术的定义也纷繁众多，因此，思考它们之间的共同点比寻求一个准确的定义更有意义。

詹姆斯·弗莱克（James Fleck）和约翰·豪沃尔斯（John Howells）是两位创新学者，他们发现，将所有的定义汇总在一起需要采取一种概念性策略，他们称其为"技术综合体"（technology complex），而非直接给技术本身下定义。其中任何一个例子都包括基本功能、能量来源、人工制品或机械设备中的一种或几种的组合，但也可以延伸到布局、流程、技巧、工作组成、技术管理、资本、工业结构、社会关系及文化等方面。所有定义汇总在一起，组成了一个被称为"社会技术系统"的概念。对弗莱克与豪沃尔斯来说，采用"技术综合体"这一概念性策略的主要原因在于，人工制品永远是社会情境下人类活动的一部分。这就意味着，研究一项新技术可能的影响或如何融入未来生活时，可探索的空间十分巨大。而虚构作品所擅长的，正是探索这类空间。

换一种角度解释"技术综合体"，同样能说明技术与科幻的紧密联系。每一项技术都始于设想，人们需要一段描述，才知道它能做到什么。一项新发明除了提供技术参数，还会提供内置说明书。每个专利都是一个故事。制造出某种设备或是遵循某项流程，某些此前未曾发生过的事就可能成为现实。

技术史学家大卫·奈（David Nye）同样强调技术与故事之间的紧密联系。他认为，发明一种工具需要思考未来和设想变化。工具可以促使未来的发生。"一种工具暗示了至少一个小故事"。

同时，故事具备延展性。它们之间可以进行多次混合，彼此影响。在"技术综合体"的概念下，关于技术的科幻小说成为文化语境的一部分，人们开始阅读这种独特的技术故事。而单纯的技术（此处指设想中的、仍存疑的技术）故事也融入了科幻小说的创作中。这些故事彼此渗透、影响、互相吸收。

预兆、预测与宣传

◆ 今日的荒诞，明日的事实 ◆

科幻始于何时？弗兰西斯·培根曾在他未完成的作品《新大西岛》（*New Atlantis*，1624）中，对许多了不起的非魔法发明进行分类，以表达他对进行这种系统研究的极大热情。

后来的《弗兰肯斯坦》（*Frankenstein*，1818）则是培根哲学在生物领域的一次文学性表达。它被认为是最早的科幻文本，因为玛丽·雪莱笔下的创造者不再采用魔法，而使用了化学，但小说中仍穿插着大量关于古老传说的隐喻。

不过，到了19世纪末，明确的科幻小说分类已经迅速形成，最负盛名的两位作家分别是凡尔纳和威尔斯，他们的作品得到了当今科幻界的认可。

他们与其他早期科幻作家们一同见证了数量惊人的重大变革。更不用说20世纪晚期出现的"未来的冲击"。1860年后的四五十年很可能是各种重大发明在世界范围内得到广泛应用的最频繁的时期。从发电机、电灯和电力火车，到电话、电报和留声机，到内燃机，再到打字机、摩天大楼和越洋电缆，再到麻醉学、疫苗和X射线，接着是塑料和电影，不久之后，又出现了飞机。

某些见证了这一切的人认为这是好事，因为科幻作家肩负着启发下一代创新者的任务。他们中的代表性人物，也是最终的领导者，名叫雨果·根斯巴克（Hugo Gernsback）。

根斯巴克是一位痴迷于电气技术的工程师，他在卢森堡长大，于1905年移民美国。六年后，他出版了一部名为《拉尔夫124C 41+：2660年的爱情故事》（*Ralph124C 41+ : A Romance of the Year 2660*，1911）的小说，里面介绍了一系列未来发明。1926年，他创立了第一份名为《惊奇故事》（*Amazing Stories*）的科幻杂志，它的创刊计划非常明确：刊登基于科学创作的故事，对未来作出预测，而这些预测可能在受到启发的读者的努力下成为现实。根斯巴克在他的发刊词上方印出了一句这样的口号："今日荒诞不经的想象，会成为明日毋庸置疑的事实。"

　　根斯巴克在杂志上刊登的故事中，大部分都符合他的说教目的。总体上而言，受到根斯巴克启发的同类文本都在宣传它们所预言的高科技未来的益处。他的读者群以年轻男性为主，他希望鼓励这些人投身科学事业，并将他展现给他们的未来变为现实。如今，仍有少部分人认为这才是科幻的目的，这些人主要任职于科研机构。幸运的是，科幻的意义远不止于此。

　　自根斯巴克的小说面世后，20世纪涌现出一大批科学技术创新与幻想类作品。和根斯巴克眼中的说教目的相比，后来的科幻作品更加多样。然而，尽管随着科幻的发展，各类流派已经形成，探索技术的可能性及其后果却一直是科幻小说的主题之一。描写未来技术的当代作家们更感兴趣的，是作品中的角色如何利用技术及其带来的社会效应，而非技术本身的原理。

　　有时，作家们也会针对某一内向性较强且自身历史发展脉络清晰的文学类型进行创作，他们的前辈对技术怀有无比高涨的热情，而他们则就此给出自己的评价。威廉·吉布森的短篇小说《根斯巴克连续体》（*Gernsback Continuum*）便是典型一例。其中的主角生活在一座中度衰败的典型吉布森风格的城市里，他总能瞟见一闪而过的来自平行世界的模糊剪影，而在那个世界里，根斯巴克式的技术大行其道。

　　吉布森在这个故事里刻意扭曲了根斯巴克曾经推崇的未来，而作为赛博朋克的鼻祖之一，吉布森也设想出了一个构造全然不同却同样极度技术化的未来。吉布森联合发起的赛博朋克运动也对现实中的技术产生了独特的影响，但它只是一种文学类型下的一个分支而已。不过，科幻文学却在过去的一个世纪里生发出一系列宣言、认同与反对，以及全新的浪潮与逆流。

　　接下去我会讨论这段历史中的若干细节，这是非常必要的，因为科幻的多样性意味着它并无一个严格的定义，任何针对这种文学类型的概括性言论通常都能找到反例。但首先，我们应该追溯至较早时期，了解几个对科幻与技术的尝试性总结，它们是基于对科幻更早期历史的考察而总结出来的。

◆ **警示无法阻挡厄运** ◆

　　关于虚构作品与未来技术之间的联系，确实存在一些重要的实例。威尔斯在他1913年创作的《解放全世界》（*The World Set Free*）中提到了原子弹。当时，科学的力量正在使超级武器和以战止战成为可能。威尔斯利用新的放射性物理学知识虚构出一种致命的炸弹，可以安装在飞机的一侧，足以摧毁一座城市。里奥·西拉德（Leo Szilard）在1932年读过此书，第二年，他在构思链式反应时仍对它念念不忘。我们很难相信，如果没有威尔斯为西拉德带来的灵感，世界上可能不会出现核武器。但我们知道的是，西拉德从此书中选出若干段落，推荐给他的实验资助人，而他的实验目的就是证明他的想法。除此之外，还有很多这样的例子——一个研究项目的拥护者利用科幻作品中浅显易懂的表述为现实中类似的项目筹集资助。在这些例子中，科幻向读者展示了某个概念是如何被运用于某一情境中，进而达到解释概念的目的。这种方式在此类型文学中十分常见，一直为作者所运用。

　　除了炸弹，火箭科学的发展也与早期科幻关系密切。罗伯特·戈达德（Robert Goddard）是美国火箭科学的先驱，他在读罢《世界大战》（*War of the Worlds*）后给作者威尔斯写了一封信，以表敬仰之情。这本书还激发了沃纳·冯·布劳恩（Wernher von Braun）的想象力。冯·布劳恩在德国的恩师赫尔曼·奥伯特（Hermann Oberth）也同样受到儒勒·凡尔纳的《从地球到月球》（*From the Earth to the Moon*）的启发。在苏联，尼古拉·雷宁（Nikolai

Rynin）在1927年至1932年间创作了一部多卷本的太空旅行百科全书，书中像引用技术文献般列举了众多科幻作品。在这里，我们发现，虚构作品有助于构建一间创意"回音室"。创意在回音室内来回反射，不一定每次都能清晰明确，但假以时日，它们会被不断放大、发生变化。有时候，细节很重要。奥伯特带领18岁的学生冯·布劳恩担任电影《月中女》（*Frau im Mond*，1929）的细节顾问。电影中的探月火箭的发射倒计时现场成了一场全世界的盛会。有时候，结果更重要。几年后，希特勒下令毁掉奥伯特作为电影顾问而设计的火箭模型，因为它们与师生二人为纳粹设计的火箭太过相似。

但对虚构作品和新技术之间可能存在的联系，多加提防是有好处的。即便是有人证支持的直接联系，也不能证明一定会产生怎样的效果。人们时常会掉入"后此谬误"（post hoc fallacy）的陷阱。相似也可能只是偶然。个人的回忆往往主观性太强。而文化交流的方式又如此复杂，由此产生的影响总是难以追根溯源。但这两个曾经的例子证实了，如果其他条件成熟，科幻至少能够促进新技术的产生。

二战前后，火箭科学与太空旅行的流行常被视为科幻的主要文化影响之一。托马斯·M.迪施（Thomas M. Disch）认为："没有比20世纪早期的航天火箭白日梦成为美国国家航空航天局里真实的火箭更符合'创造性预见'的例子了。"他对于科幻影响力的主要观点可以总结为他的一本书的标题——《梦想构造生活》（*The Dreams Our Stuff Is Made Of*）。正如梅根·普瑞林格（Megan Prelinger）在《另一部科幻小说》（*Another Science Fiction*）所记载的那样，20世纪50年代末，科幻作品中的设想还被广泛运用于广告业，尤其是航空公司的广告。因此，科幻小说不仅为太空事业的发展注入活力，也有相当一部分火箭科学家及技术推广人员转而创作科幻小说，以此来传播他们的理念。

当时，科幻文学扮演的"啦啦队长"角色时获得了一些成功，虽然后阿波罗时代的人类航天飞行事业迄今为止的发展证明了，这些成功只是暂时的。

相比之下，科幻却从未成功阻碍过技术的发展。举两个例子。涉及最新繁殖技术的故事数不胜数。通常，这类技术沦为了压迫与毁灭人性的工具。《美丽新世界》(*Brave New World*，1932)中描述了"灌装"式人类流水生产线与五种种姓社会阶层，这部作品至今仍是此类科幻小说的鼻祖。除此之外，还有更早的《弗兰肯斯坦》，它是体外受精或试管婴儿技术的早期雏形。然而，一旦体外受精实验成功后，这种技术便很快被运用于全世界，数百万试管婴儿由此诞生，媒体通常会着重报道的是可爱的新生儿和欣喜若狂的父母，而不是这项技术对我们所熟知的"生命"二字的挑战。至少，只要试管婴儿的父母是合法的异性恋夫妻，媒体便会无视这其中的伦理道德问题。

核武器则是另一个科幻未能阻碍其实现的例子，这更令人感到遗憾。二战后的科幻小说中，涉及核恐慌的情节简直不胜枚举。如果我们能从核爆炸产生的蘑菇云中找到不幸中的唯一一点万幸，那便是它导致的可怕后果可能会使人们恢复理智，迎接一个和平、合作、全世界统一的新时代(此处不考虑后来某些幸存者小说中认为人类大清洗也有其积极意义的论调)。尽管这"唯一一点万幸"在20世纪上半叶威尔斯的"技术专家治国论"小说中得到了极为广泛的传播，但仍敌不过大多数预言文明甚至生命灭亡的末日类科幻小说的影响力。这些小说迎合了冷战时期战后经济繁荣的表象下隐藏的恐惧。虽然在大众的文化认知中，核武器是可怕的，妄图使用核武器的策略是疯狂的，但这并不会对超级大国制造更强大的核武器造成实质性阻碍。因此，我们还必须考虑到，仅从表面上阅读科幻作品难以使其达到应有的影响力。在广岛与长崎的惨案发生以后，人们对核武器惨案的恐惧是否有助于保证这样的事情不会再发生？或者说，所有这些末日科幻小说是否起到了抑制人类黑暗的毁灭欲的作用？从一定程度上而言，这两个问题的答案都似是而非。

更直观地说，科幻更擅长的似乎是预言具体的技术成就，而非提供有效的警告来避免技术的危险。正如奇切里-罗奈(Csicsery-Ronay)所说："科幻小说营造出的戏剧性与神话效果会让人产生真实的愿望与焦虑，这便为实际的科研项目准备了基础条件。"愿望是美好的，但焦虑也与其并存。

眼见为实

即便后来科幻小说的形式与风格都发生了变化，它与技术之间未经编排的双人舞仍未落幕。自硬科幻的"黄金时代"以来，我们已经迎来了一大批以探索"地球空间"为主题的科幻作品，比以探索外太空为主题的还要多，比如赛博朋克小说。这类作品描述的未来是悲观、消极的，着眼于人类社会黑暗的角落，除此之外，还有很多其他新的类型融合与风格转变。硬科幻和太空歌剧仍持续有佳作问世，通常出自那些擅长创作各类科幻小说的作者之手。很多科幻作家起初只是科幻迷，他们非常重视当年崇拜过的前辈们。

更重要的是，在文化影响力方面，科幻作品的传播方式发生了重要转变，从白纸黑字走向了大荧幕。如今，大众眼中的科幻电影更多是定期上映的科幻商业大片，但早期经典科幻影视的影响力仍然存在，比如：《2001：太空漫游》（ *2001: A Space Odyssey* ）和《星际迷航》（ *Star Trek* ）。这类故事往往很相似，情节也很简单。科幻电影对技术也产生了重要且复杂的影响。电影技术的发展对科幻电影的持续流行至关重要，越来越多的精彩特效是其吸引观众的原因之一。大部分特效都能呈现出令人满意的视觉效果，向我们展现出异世界、外星人、灭绝又复活的史前巨兽和无比庞大的太空飞船。此外，现代电影特效还为我们展示了未来技术逼真的视觉效果，给现实世界的技术开发者们留下了深刻的印象，为他们提供可参考的素材。

而且，利用大银幕来模拟未来技术所造成的影响力按理要比白纸黑字的表现力更强，事实也的确如此。从《月中女》到当今的科幻电影，招募技术专家参与电影制片的历史已久，手段也更为复杂。越来越多的科幻电影制片人已经开始有意识地构造可能实现的未来世界。他们模拟出的若干未来场景已经成为大多数媒体在评价科幻与技术时的检验标准。

《星际迷航》

多年以来,《星际迷航》的原初系列已经发展为一个庞大的文化体系,其中包括新剧集、系列电影、系列小说、粉丝创作的对原著技术细节进行大量补充的同人作品(更不用说对主角们性取向的各种杜撰故事),以及大量对《星际迷航》中的设想如何影响随后技术发展的回顾性分析。

在最后提到的这类回顾性分析中,技术开发者们常宣称,他们的灵感来自于《星际迷航》。举个例子,作为1973年问世的第一部手机背后的研发团队的领头人,马丁·库珀(Martin Cooper)曾表示,他的灵感来自于《星际迷航》中的通讯器。不过,如果我们进一步分析,会发现他很可能只是借助通讯器向大众传达他的设计理念。当时,他已经任职于摩托罗拉的通讯系统部门,正在研发的项目是手持式警用无线电收发装置。因此,他的团队研发出的个人移动电话也并非是概念上的一大飞跃式创新。在20世纪70、80年代,《星际迷航》更值得注意的原因在于它传达了一种普遍存在的对美国式未来的技术热情。世界上第一台个人计算机“牛郎星”(Altair 8800)正是以《星际迷航》中的虚构星系命名的。而美国航空航天局的第一架航天飞机被命名为“企业号”(Enterprise)证明了众多高级工程师对该科幻剧的热爱程度,其中就包括喷气推进实验室的马克·雷蒙(Marc Raymon)。再举个更近的例子,据称,科研机构正在努力将麦考伊博士的三录仪变为现实,这些报道中提到的“三录仪”,与其说它与《星际迷航》中真正的三录仪有具体联系,不如说它只是推广这一科研项目的便捷手段。

《2001:太空漫游》

由阿瑟·克拉克执笔、库布里克执导的这部经典科幻电影则有所不同。这部电影中,许多已经存在或者计划中的太空技术得到了非常严谨的细化,为此，剧组全职聘请了深度参与当代太空项目的专家担任顾问。影片中对于未来太空旅行的描述具有惊人的说服力，以至于随后的评论文章中经常表达出对其还未实现的惊讶与不满，人们认为，乘客只要付了足够的钱就理应能享受到这种日常的太空旅行。而这一预言至今未能实现，是由于社会、政治和经济方面的原因，并非技术原因。影片中另一项引人注目的技术是智能计算机哈尔（HAL）。哈尔为智能计算机家族提出了更为严格的认定标准。

◆ 视觉化的未来更真实 ◆

随着科幻电影加速了媒体技术的复杂化，大银幕上虚构出的技术变得越来越有说服力，令人印象深刻。有些电影中，人们更是有意把某些突出视觉效果的技术模拟得更为逼真。

在电影《割草者》（*Lawnmower Man*, 1992）中，导演创造了一个关于交互技术的现代"技术神话"，并向大众介绍了"虚拟现实"的概念。在这里，什么是"真实"的，什么是虚构的，变得有点令人疑惑。正如电影学者大卫·柯儿比（David Kirby）所说，制片方"并非在营造真正的虚拟现实体验，而是通过画面展现出一个想象中的虚拟现实体验"。换言之，他们是在利用电影视效来传达虚拟现实这一概念，虽然观众们无法从中获得真正的浸入式体验，但电影所带来的震撼已足够强大。

这部恐怖电影讲述了一个技术误入歧途的故事，其中涉及到对想象中的虚拟现实的描述。然而，我们发现这一想象中的技术已经对现实产生了影响。何为虚拟现实？它是指运用电脑模拟产生一个三维空间的虚拟世界。虚拟现实这个概念因为杰伦·拉尼尔（Jaron Lanier）的努力而为人所知，人们因此开始关注浸入式数字媒体实现的可能性。这方面的研发项目和投资也开始增多。柯儿比告诉我们，这部电影的导演"受邀在众多科研与商务场合就这一话题发表演讲。最重要的是，这部电影成为了科研人员向他人介绍'虚拟现实'概念时非常便捷的资料"。与科幻小说一样,科幻电影为技术推广者提供了很多可运用于其他场合的资料。

同样作为大银幕上虚构出的技术,电影《少数派报告》(*Minority Report*, 2002)中的计算机界面也具有异常逼真的效果。这部电影的制片方与技术专家的合作甚至更为密切。这一存在于剧本中的技术能分析未来犯罪嫌疑人的相关信息,从而进行预测,防患于未然。而故事发生的场景是预防犯罪的情报局总部,那里配备的计算机界面能够识别人的手势。

柯儿比指出,《少数派报告》中的计算机交互界面之所以如此逼真,是因为影片的技术顾问为演员们,尤其是汤姆·克鲁斯,专门设计了一整套手势词汇与语法,用于给计算机发布指令。演员的手势与虚拟显示屏之间流畅的互动与如今已经普及的触屏平板电脑、电话的使用方式有些类似,这在当时看来神奇又有趣。不过,该片也暗示了计算机的监督功能可能存在安全隐患。

柯儿比认为,在电影中推广一项技术有时是有意为之,这种方式在展示这项技术的价值方面更加有效,而并非要构建一个真实的技术原型,即便有时电影中的技术的确可能成为现实中的原型。例如,电影《起点》(*Threshold*, 1981)的剧本或多或少像是一部宣传人工心脏移植技术的广告故事片,而当时这种技术正处于发展阶段。

而《少数派报告》则略有不同。关于计算机交互界面的描述的确很逼真,但在影片拍摄时,这项技术并不切实可行。然而。正如柯儿比所说:"电影文本中需要添加技术成分。而电影中虚构出的画面之所以能够成为现实,是得益于那些技术专家,他们受电影启发,希望将其中涉及的技术真实再现。"科幻电影是一种全新的自我实现的预言,它"为还未实现的技术提出要求与定位"。《少数派报告》的技术顾问约翰·昂德科弗勒(John Underkoffler)将电影中的技术当作真实的技术原型来研究。目前,他的团队正从麻省理工学院的实验性机构发展成将这种手势识别的计算机交互界面实现商品化的正规公司。但投资者们很容易就接受了这整个技术创意,还要感谢这部电影。

未来主义与新词汇：
赛博空间

不论在任何时期，技术一直是科幻作品中浓墨重彩的部分，那些虚构的技术对相关的研发工作产生了影响，而后者也在影响着前者，虽然二者之间的互相影响较为分散，但都是真实存在的。

近几十年里，最受欢迎的例子莫过于赛博空间。

关于赛博空间的故事已为众人所熟知。早期的个人计算机用户对他们的设备相当痴迷，威廉·吉布森对这种亲密的人机关系产生了浓厚的兴趣，在他看来，这些人简直想要钻进计算机网络里。如果他们真这么做了，会怎样呢？他们会到哪儿去呢？于是，他生造了一个合成词——赛博空间。在中篇小说《整垮珂萝米》（*Burning Chrome*）、长篇小说《神经漫游者》（*Neuromancer*，1984）及其后来的作品中，吉布森描述了进入赛博空间后的场景。他与其他几位科幻作家一直有意致力于从身边发生的变化出发，创作出包含最新技术设想的科幻小说。至少，布鲁斯·斯特林曾在1986年说过：

> 赛博朋克作家们不仅成长于传统科幻文学的氛围，还生活在一个真正让科幻走进现实的时代，他们也许是受到这双重影响的第一代科幻作家。对他们而言，外推法和技术素养等经典"硬科幻"中的写作技法不仅是文学上的表达工具，还是日常生活中的辅助手段。它们是我们理解世界的途径，非常重要。（节选自《镜影》（*Mirrorshades*，1986）的导言）

近来，有两种观点开始盛行起来：一是，20世纪晚期的生活正是科幻小说中的写照；二是，2000年后的人们其实生活在未来。它们都证实了科幻对文化的渗透方式，强调了科幻能让我们一窥未来技术的真容。很多人认为，赛博空间的诞生再次印证了以上观点。吉布森并非技术专家，他本人起初便承认了这一点，而他所设想的虚拟数据空间内感官浸入式体验和如今真实的上网体验也相差甚远。但他的《神经漫游者》及其他"赛博朋克"小说在计算机黑客与程序员中广受欢迎。朱利安·布利克（Julian Bleecker）认为，对计算机与虚拟现实研究者而言，阅读《神经漫游者》是一场"仪式"。"赛博空间"这个名词有多重含义——它可以是软件、硬件工程师的灵感来源，可以是网络能覆盖到的信息环境的简称，也可以是重要学术分析、政治性宣传或评论文章的主题。其中"空间"二字的比喻尤为恰当，在计算机网络的发展历程中，关于网络可以构成"空间"的联想并非偶然，但也绝非必然。比喻和技术的共同点在于，它们在提供可能性的同时，也总会产生限制。我们应该（也许已经？）结合技术、历史和文化三个方面进行分析与评论，思考"空间"这一比喻的统治性地位对互联网产生的影响是积极还是消极的。但这已经远远超出了讨论科幻与技术的范畴。

同时，也有人认为，一些关键性的赛博朋克小说对现实中计算机科学家与软件工程师的作品的形成，产生了重要的影响。这种说法未免有些夸张。马克·佩谢（Mark Pesce）表示，如今的科幻小说"已经成为软件系统发展方向的决定性力量"。他所描述的是某些科幻小说在黑客文化的形成和特定目标的实现时起到的作用。不过，他并没有考虑到相关学科自身发展或重点实验室实验项目所带来的影响。没错，科幻小说的确影响了某些业内人士，但这些影响是如何产生的，仍不明朗。

杰里米·拜伦森（Jeremy Bailenson）和他的同事们向人们展示了"知名的虚拟现实研究者们如何与赛博朋克作家们合作"，并指出，"赛博朋克文本被视为虚拟现实技术在教学与研究时的正规学术资料"。他们还进而对四部关键性科幻作品进行了细致的研究，并得出一项重要结论。这四部作品分别是吉布森的《神经漫游者》、弗诺·文奇（Vernor Vinge）的《真名实姓》（*True

Names）、尼尔·史蒂芬森（Neal Stephenson）的《雪崩》（*Snow Crash*）和鲁迪·拉克（Rudy Rucker）的《软件》（*Software*）。他们声称，他们能"证明科学家们选择的研究议题和企图验证的具体的假说都直接或间接地受到早期科幻小说的影响"。然而，他们选取的研究议题涉及到虚拟现实技术的若干方面，例如：化身真实化、存在感、行为可塑性和虚拟社交行为，而人们同样可以在思考"虚拟现实"的可能实现方式时获得上述研究议题。事实上，这四位作者中，有三位的计算机编程或数学水平都相当高，他们分别是史蒂芬森、文奇和拉克。这也表明，正如小说会影响技术，技术也会催生小说。于是，我们再次得到了一间"回音室"，在这里，有些"声音"被选择性地放大，这不仅仅是简单的影响。

经典仍有新意：
神话、科幻以及现实中的机器人

一百年前科幻小说诞生时，某些领域的技术还未走进人们的想象中，如今，它们才开始出现在科幻小说里。而有一项技术却自始至终贯穿于任何时期讲述未来技术的科幻小说中。如今，机器人仍是科幻作品中极为常见的主题，尤其是在科幻电影中。各式各样的机器人还成为了现实中一项越来越广泛运用的技术，很多学术研究或工业设计实验室的工作重心便是努力开发出下一代的机器人技术。

机器人与科幻小说的关系非常密切。"机器人"与"机器人学"这两个名词都是出自科幻作家之手。"机器人"一词出自卡雷尔·恰佩克（Karel Čapek）与20世纪20年代创作的戏剧《罗素姆万能机器人》（*R.U.R*）。虽然他笔下的机器人是建立在生物学基础上的（如今，我们称其为仿生人）。而且，这出戏剧意在暗喻阶级战争，但它仍在科幻史上占有一席之地。而"机器人学"一词则出自硬科幻和科学作家阿西莫夫之手，他因其作品中塑造的机器人和"机器人三定律"而闻名于世。后者是科幻作品中机器人必须遵守的三大法则，至今仍会在关于机器人伦理学的学术研讨会上被提及。

涉及该领域的史料非常丰富，甚至可以追溯到早于科幻出现的很久以前。那么，我们能从中得到什么结论呢？一项有趣的发现表明，该领域的研究者们乐于接受他们的灵感来自科幻这一事实。约瑟夫·恩格尔伯格是第一家成功运作的工业化机器人公司的创始人，他认为阿西莫夫是他直接灵感来源，尽管他的公司所出售的独臂喷雾式粉刷机器人和点焊机器人与阿西莫夫设想的类人型机器人相差甚远。阿西莫夫还为恩格尔伯格的《实践中的机器人学》(*Robotics in Practice*)作序，并在序中再次讨论了他的机器人三定律。

该领域对科幻的总体态度似乎是非常友好的。马文·明斯基(Marvin Minsky)是人工智能领域的先驱，他的作品与很多机器人学项目有关。他坚称，除科幻小说之外，他从不阅读其他类型的小说，和很多科幻迷一样，这是他所秉持的信念，也是一种审美上的自我克制。他还与科幻作家哈里·哈里森(Harry Harrison)合著了一本小说，名为《图灵选择》(*The Turing Option*)。麻省理工学院的机器人学家罗德尼·布鲁克斯(Rodney Brooks)表示，少年时期的他看到了《2001：太空漫游》中的"哈尔"，便决心要一生致力于智能机器人事业。除了明斯基和布鲁克斯，麻省理工具备相同影响力的杰出人物还有很多。斯图尔特·布兰德在他对20世纪80年代的麻省理工媒体实验室的描述中写道："科幻小说是属于麻省理工的文学形式。"罗伯特·杰拉奇(Robert Geraci)在其著作《末世人工智能》(*Apocalyptic AI*)里，将汉斯·莫拉维克(Hans Moravec)、雷·库兹韦尔(Ray Kurzweil)等人的科普作品和超越人类存在的宗教观念联系起来。这种观念放到一些科幻小说中也同样行得通，例如：克拉克于1953年创作的《城市与群星》(*The City and the Stars*)，该小说中有关于意识上传的描述。虽然，莫拉维克和库兹韦尔的大众科普作品在机器人学研究领域显然没有太大影响力，但科幻的影响力还是很可能存在的。杰拉奇曾进行了一项关于"机器人学爱好者"的在线调查，结果显示，其中80％的人偶尔或经常会阅读科幻小说，还有13％的人曾经读过科幻小说。

科幻的影响力还涉及了商用机器人领域。P.W.辛格（P. W. Singer）所著的《遥控战争》（*Wired for War*）是一本研究军用机器人学的图书，其中写道，iRobot的机器人科研团队在选择团队口号时犯了难，是选择"将科幻变为现实"还是"实用中的科幻"。iRobot是一家机器人产品与技术专业研发公司，他们推出了很多成功打入市场的机器人产品，其中包括Roomba扫地机器人和拆弹机器人。辛西娅·布雷齐尔（Cynthia Breazeal）是麻省理工学院的媒体型"社交机器人"专家，她告诉采访者她对机器人的兴趣始于《星球大战》："看到R2D2和C3P0的第一眼，我就爱上了这些机器人。"

早在20世纪30年代或更早前，就出现了不计其数的机器人示范项目和陈列样品，它们都是为了迎合媒体对类人型机器人的喜爱。而如今，以这样的形式直接对科幻作品致敬的例子已经屡见不鲜。举一个很极端又很可爱的例子，某个动画形象长了一张造型非常可爱的菲利普·K.迪克（Philip K. Dick）的脸，配备的人工智能软件能让它用这位著名作家的言论数据库合成对话。日本小说和媒体中的机器人形象和英语国家的大不相同。漫画书和动画电影中虚构的机器人通常更友好。本田生产的行走机器人阿西莫（Asimo）被带到了布拉格，向恰佩克的半身像献上了一束花。诸如此类的例子还有不少。

根据以上所有例子来判断，我们很难权衡科幻小说中对机器人的描述是否直接影响到现实中的机器人科研项目，或者二者只是灵感来源相同而已。不论是虚构的还是真实的机器人，它们之所以能广受欢迎，部分原因是人类长久以来渴望创造出和人类似的机器。我们的想象力被桎梏了，设想出的东西往往过于熟悉，过于形象化。那么，科幻到底对现实中的机器人技术产生了怎样的影响呢？

和核武器一样，无数小说和电影中都描写了机器人对人类产生了威胁，但现实世界里，人们推进机器人项目的热情没有消退，甚至反而更盛。正如保罗·布林斯（Paul Brins）所记录，早期的观众更喜欢阿诺德·施瓦辛格扮演的从未来回到现在的杀手机器人"终结者"，而非被他追杀的人类女性莎拉·康纳（Sarah Connor）。

因此，一直以来，科幻对机器人技术的影响都十分复杂，很难追查清楚。保险起见，我们可以推断，机器人小说有助于人们更好地了解并交流有关现实中潜在机器人项目的理念和观点。它们起到了为科研项目打广告的效果。但关于类人型机器人，需要反复强调的是，现实中的研究项目已经远远超越了我们在小说中看到的那类机器人。

机器人学研究者在回答关于此话题的问题时，都赞同一种说法：科幻既促进又阻碍了科研。布莱恩·达菲（Brian Duffy）曾说："人们对机器能做到什么和当今技术能达到什么水平有着不切实际的期待。"而艾伦·温菲尔德（Alan Winfield）则说得更具体些："问题在于，大多数人对机器人的了解来自电视和电影，当他们发现真实的机器人与科幻电影中的相差甚远时，很多人会感到失望。这会产生一种'期望差'，并让人觉得，是机器人学家让人们失望了。虽然早期的机器人学家的确做出了过度的承诺，事实上，现在有些机器人学家仍会这样，但在我看来，人们认知的机器人学的失败其实是指它未能达到科幻小说中的标准，因此，这根本不算是失败。"同样，在乌维·齐默（Uwe Zimmer）看来，"《我，机器人》（I, Robot）这类电影会描述并非必要又不切实际的科技发展，以达到炫目的视觉效果，迎合观众的情感需求。但这也会让观众产生既不现实又无意义的期待，从而阻碍了现实中机器人学的发展"。

正如托马斯·迪施所说，真正的机器人"没有钢铁侠的拟人化魅力，没有充满智慧却缺少灵魂的悲剧色彩，也没有反抗人类创造者的戏剧性"。

科幻作家怎么看

我们可以从目前几乎所有科幻作品中得出一个结论：科幻对技术的影响在很大程度上是无意而为之，只有少数几部科幻电影是例外。真正意义上的科幻作家们的创造力已经打破了根斯巴克说教式的局限性，甚至在科幻仍被视为低级文学时，作家们也常常对预测科学发展和推行技术奇观之外的创作目的更感兴趣。而科幻作品真正达到宣传说教目的的情况，往往也并非出于作者本意。

在科幻文学界，更广泛的审美与社会意义仍占主流。而有些（也许是少数）作家仍认为，至少要创作一些完全着眼于现实中技术的小说。有二十几位科幻作家回答了我在创作这篇文章时提出的关于科幻与技术的问题，他们大多具备科学背景，并着眼于现实中的技术。拉里·尼文（Larry Niven）说过，他的小说灵感往往来源于当今的科学发现，他也努力在小说中作出正确的预言。不过，这少数作家中，大部分都强调一点，在理想状况下，科幻小说中技术应该是合理可信的，但若为迎合故事情节的需要，它们也可能变得荒诞起来。创作它们的目的本就不是影响技术，但它们的确提出了一系列与技术相关的其他动机。例如，詹姆斯·冈恩（James Gunn）曾说："科幻小说更关注发掘人类技术发展所造成的后果，而并非它本身对技术发展的影响。"彼得·汉密尔顿（Peter Hamilton）对此表示赞同："我更感兴趣的是技术对社会的影响力，而不是现实中的技术产品本身。我会避开机器上繁琐的细节，更关注人们是如何使用机器及其产生了怎样的影响。"

金·斯坦利·罗宾逊（Kim Stanley Robinson）坦言希望能对技术产生影响力："前提是你认为正义是一种技术，而我本人便是这样认为的。"同样，约翰·考特尼·格林伍德（John Courtney Grimwood）表示："如果我能对一样东西产生影响力，我希望它可以是社会结构。"而其他作家则选择通过非虚构写作来达到在技术评论界的影响力。大卫·布林（David Brin）在引用自己的非虚构类分析作品《透明社会：技术会迫使我们在隐私与自由之间做选择吗？》（*The Transparent Society: Will Technology Make Us Choose Between Privacy and Freedom?*）时说："这本书的主旨是，未来的技术进步应该公开共享的，这样一来，自上而下的监视对应的是自下而上的'反向监督'。"除了这些答案，还有更多相对精通技术的作家在被问到影响技术是否是他们的写作意图之一时给出了否定的答案。其中有些的确同意科幻会影响技术，但这也许是因为达米安·布罗德里克（Damien Broderick）说的那样，"任何事物都会对任何事物产生影响"。

科幻小说的实用价值

挖掘数据——从科幻中采集技术

面对日益增长的科幻文学语料库，人们的一种反应是，回顾这些已经存档的创意，看是否有值得抽取出来重新利用的。科幻小说中常常出现关于未来技术的创意，讲述了这些技术可能做到什么，而这一事实便直接推动了人们来探究科幻小说中的想法。

几年前，欧洲科学基金会对现有的科幻小说进行了细致的研究，目的是从中寻找可能推动太空项目的创意。有没有一种可能，过去的科幻小说中包含的创意利用从那时发展起来的技术成为现实？

欧洲科学基金会表示："这项研究的主要目的是回顾过去和现在的科幻文学、艺术品和电影，确认并评估这些作品中描述的创新性技术与概念，以期将其运用于太空应用的未来发展之中。此外，我们还希望能借此获得富于想象力的见解，它们有助于预测未来太空技术及其影响的发展轨迹，或可运用于欧洲航空事业的长期发展。"

公布研究成果的作品中，涉及种类繁多的技术，其中包括：推进技术、计算机与通讯、机器人与半机器人以及发射系统。描述这些技术时，研究者多采用不动声色的描述方式。例如关于星际飞船推进技术的描述如下："更为先进的技术需要基于一个不再需要反应物料（即火箭推进燃料）的体系，而控制重力是很多人赞同的一种解决办法。大卫·韦伯（David Weber）在他1992年创作的《狂暴之路》（*Path of the Fury*）中描述了一种强大的驱动力。每艘飞船都能在前方产生一个小型黑洞。飞船落向黑洞时，也会推动黑洞前进，于是，飞船会一直处于落向黑洞的状态，并持续加速。文中没有评价这一设想的可行性，只是简单总结道："如果要进行星际探索，从讨论已知的科学知识到将其变为可使用的工具，我们还有一条鸿沟需要跨越。"

无独有偶，20世纪80年代也有人针对机器人科幻小说展开了类似的原始数据挖掘工作。研究者名叫尼尔·弗鲁德（Neil Frude），研究成果出版成书，名为《机器人遗产》（*The Robot Heritage*）。作者搜集了所有他能找到的机器人小说，把它们当作一个个思想实验，设想人类看到很多不同设计、不同功能的机器人会有何反应。他的研究与现实中的技术项目不存在任何关联。他认为，无需真实的机器人作为研究对象，构思缜密的小说是探究人机互动、评估哪种机器人会最受未来客户欢迎的最佳途径。"科幻小说可以为技术构想的骨架增加血肉。"这句话与我对"技术综合体"的介绍性解释以及如何使它具象化的说法不谋而合。

为了不向欧洲航天局示弱，美国国家航空航天局（NASA）也表示对科幻感兴趣，但他们是通过资助新作，而非研究已有的作品。戈达德太空飞行中心（Goddard Space Flight Center）与托尔出版社（Tor/Forge Books）签订协议，共同开发出一套由科学家、工程师与作家合著的系列图书。与其说他们的目的是试图对未来技术造成直接影响，不如说这是一个培养科学意识的项目，但它至少说明了戈达德太空飞行中心对科幻的重视。NASA与美国国防部高级研究计划局（DARPA）联合推出了"百年星舰"（100 Year Starship）计划，目标是在未来一百年内造出具备星际穿越能力的飞船。该项目启动后，首先组建了一个"空想家"专家组，科幻作家也在其中。

众所周知，作为研究项目发起方，DARPA的行事风格极度开明，他们完全可以接受来自科幻界的观点。这样的例子在国防和国家安全机构中非常典型，这些机构可能是科幻的忠实爱好者，尤其在美国。将科幻的这种影响力展现到极致的应该是罗纳德·里根（Ronald Reagan）总统在1983年提出的"星球大战"计划，又称"战略防御倡议"（SDI），为防止美国受到导弹袭击而部署激光和高能粒子束武器。一些有野心要影响技术的科幻作家则努力促成想象中的技术与实际研发的联系。而对技术专家来说，这种联系不大可能对他们造成直接影响。科普作家威廉·布罗德（William Broad）的作品《星球战士》（*Star Warriors*）中记载了他与年轻的反导弹激光武器设计师们在劳伦斯·利弗莫尔（Lawrence Livermore）实验室里共同度过的一周，而这本书中鲜有提及科幻。事实上，科幻影响的是政策的基础，这种影响是不曾公开的。杰瑞·波奈尔（Jerry Pournelle）曾是一名太空计划工程师，如今成了一位科幻作家，他是当今科幻作家中最活跃、最具影响力的人之一，协助组建了美国航天政策公民咨询委员会，委员会成员还包括：科幻作家波尔·安德森（Poul Anderson）、格雷格·贝尔（Greg Bear）、罗伯特·海因莱因（Robert Heinlein）、格雷格·本福德（Greg Benford）和迪安·英（Dean Ing）。他们的主要任务是提高人们对太空技术的热情，不过，他们还说服了里根，让他明白，如果你有一把随时待命的射线枪，就可以在空中击毁敌方的弹道导弹。别忘了，这位当过演员的总统先生也许在他的职业生涯更早些时候就开始相信这个想法了。1940年，他曾在一部名为《空中谋杀》（*Murder in the Air*）的间谍电影中饰演一位美国特工，角色的任务是保护一种叫作"惯性发射器"的新型超级武器，它能摧毁空中的敌方飞机。由于实现战略防御倡议需要大量资金，人们认为这是从经济上对苏联施压，这也最终导致了冷战的结束。这也许是历史上想象中的技术对现实造成的最大的影响，而这项技术本身源于想象，最终也止步于想象，并未得到实践。

◆━━▶ 设计类虚构作品——向科幻中植入技术 ◀━━◆

在一定程度上，对于不想错过任何一种可能性的研究机构来说，科幻作为提供可能性的来源，也许是有用的。更有趣的是另一股分散却日益强大的力量，它出现在人们认识到科幻中的未来与现实中的技术之间的关系之后。人们开始有意去尝试利用科幻产物（此处的科幻产物不仅指小说本身，还包括其他表现形式）引发对某些技术可能性的讨论，这些可能性也许很快就能实现，但此刻还未完全成形。

讽刺的是，这些将科幻与未来技术结合起来的实例中，有些竟然略带怀旧风格。例如尼尔·斯蒂芬森目前正在编辑一本名叫《象形文字计划》（*Hieroglyphic Project*）的选集，书中的故事描述了野心勃勃的技术设想。这本选集的名字来源于"象形文字理论"，尼尔在书中写道："优秀的科幻作品会构建一个合理、成熟的虚拟世界，那个世界中会出现某种惊人的技术创新。它的出现合情合理，符合内在逻辑，能让科学家或工程师为之信服，并为他和他的同事们提供一个可运用于实践的模板。这样的例子包括阿西莫夫的机器人、海因莱因的太空飞船、克拉克的'通天塔'和吉布森的赛博空间。后来，当我与微软研究中心的吉姆·卡尔卡尼亚斯（Jim Karkanias）讨论这个问题时，他指出，这类虚构的模板起到了象形文字的作用——它们是简单且可辨识的符号，但却有着公认的重要性。"

尼尔认为，如今，这种起到象形文字作用的作品太少了，因为太多科幻小说走向了反乌托邦的方向。而《象形文字计划》正是要试图改变这一点。他还在书中详细阐述道："我的理想目标就是构想出一种创新，能让一位年轻的工程师在他或她现实的未来职业生涯中取得实质性进展。我找到了亚利桑那州立大学的科学与想象力研究中心（Center for Science and Imagination），它将促成科幻作家、研究人员、工程师与学生们的直接合作。"

如果尼尔只是在有意追怀20世纪50年代常见的科幻小说风格，那么科学与想象力中心则是真的致力于创作将科幻与未来技术结合起来的小说。这类小说被冠以不同的名字，比如：预测性设计、设计类虚构作品、科幻原型设计或交互式设计。它们都将现实中的技术可能性，与设想它们可能运用于其中的世界联系起来。有时，它的出发点是一个设计构想；有时，它是个故事；有时，这二者是同时呈现出来的；有时，它们互为因果关系；还有时，科幻根本未被提及，但设计本身仍让人产生强烈的科幻感。

总之，我们的目的要么是利用想象中的未来，将其变为现实，要么是挑战设计与创新的思维模式。接下来的几个例子有助于我们理解这句话的含义。

供职于英特尔的未来学家布莱恩·约翰逊（Brian Johnson）推崇"科幻原型设计"一说。根据他的描述，这是"利用明确基于科学事实而创作的科幻小说，作为技术发展过程中的设计工具"。曾经的技术小说被赋予了新的措辞。在科幻原型设计中，故事的作用是"可供探索技术的内涵、问题及益处的虚拟现实。这种探索既能发现利弊，又能考察人类使用技术并与其互动时的细节"。

他表示，这使近期的科幻文学取得了进一步发展："著有《深渊上的火》（A Fire Upon the Deep）、《彩虹的尽头》（Rainbows End）和《真名实姓》的弗诺·文奇，《移动火星》（Moving Mars）的作者格雷格·贝尔，著有《魔法王国受难记》（Down and Out in the Magic Kingdom）、《创客》（Makers）和《小兄弟》（Little Brother）的科里·多克托罗（Cory Doctorow），这些科幻作家都可以指出，他们的作品不仅基于正蓬勃发展的科学水平，事实上，他们还将他们的作品当作影响科学以及现实中人们对科学的认知程度的一种方式。"

约翰逊用两个问题来定义他的野心："我们能将科幻作为理解并探索未

知科学的方式吗? 我们能将科幻当作发展科学的工具吗? 而科幻原型设计的结构恰好可以帮我们回答这两个问题。"

约翰逊的计划已经发展到出版小说集的阶段，每个故事的虚构世界里都会出现某种特定的技术，通常是信息技术。约翰逊的团队对他所谓的"介于现实与幻想之间多产的中间地带"进行了一系列探索。

他还在另一篇论文中对他的想法做了更详细的阐述：

"利用科幻小说的原型，我们可以创造多个宇宙，模拟多种未来，借此来研究和探索现代科学的纷繁复杂。这种强大的工具旨在改进以往科研与设计项目中传统的实践方式。我们从这些原型中获得的发现可帮助我们站在全新的高度质疑并改进现有的思维模式；换言之，我们是利用多种未来和多种世界来测试可能发生的结果及其复杂性。此外，我们还能通过科幻原型的成果来预知一项技术的用户体验构架，研究并设计用户可能发现、留意并最终使用这项技术的整个过程。科幻能使我们用新的眼光审视自己，它为我们提供了一种全新的未来，这种未来并不是我们亲身经历过的，但它是一面镜子，能让我们认识到自己是谁，要到哪里去。对科学事业而言，它同样是面镜子，能让我们看到今天正在构建中的理论可能生发出多少种未来。"如果要对以上这段话进行总结，这样总结似乎比较合适：用讲故事的方式，去探索"技术综合体"可能具有的构造。

约翰逊的作品虽然是以设计为导向的，但文本仍是基础。朱利安·布利克在一篇论述设计类虚构作品的文章里写到了文本、电影和真正意义上的设计。他认为，设计类虚构作品是引发热议的话题，而这些热议的主要内容是"将设计的对象运用于实践会产生怎样的体验"。至于这个对象是否需要以实体的形式表现出来，则不一定——实现设计构思的方式有很多，从搭配插图的文本，到仅形似而已的模型，再到一个至少可以运转的雏形。所有设想基本上都始于框架性描述，然后才有了后来关于技术本身及其未来地位的讨论。

詹姆斯·奥格（James Auger）提出了另一种构想，叫作"推测性未来"（Speculative Futures），描述的是"设想中的未来产品"。而设计类虚构作品描述的正是这样的未来，它们"作为有效的文化'试纸'，要么能让人们了解某种技术进入现实生活后所产生的影响，要么能通过理论上可行的替代方案对现有的技术应用提出质疑"。

另一位对设计类虚构作品产生更大影响的人名叫安东尼·邓恩（Anthony Dunne），他的作品被称为"批判性设计"（Critical Design）。而他的目的同样是阐述各种可能性。"批判性设计作品需要更贴近日常生活，而它的影响力正是来源于此。如果它太怪异，人们会视其为艺术，因而忽视它对现实的影响力；如果它太普通，又不会产生任何影响。可如果它被视为一种设计，就会产生更大的影响力，会让人们明白，我们所知的日常生活可以大不相同，一切都是可以改变的。"

◆ 有何新意 ◆

从某种程度上来说，设计类虚构作品是新瓶装旧酒的做法。所有的设计在真正实现之前都可被视为设计类虚构作品。施工工地周围的广告牌上经过艺术处理的效果图向人们呈现出完工后的购物广场，其实这也是一种设计类虚构作品，不过它不是为了引发更广泛的讨论，而是为了呈现最终的结果。

亚历山德拉·迈达尔（Alexandra Midal）则更进一步，认为整个设计史与科幻史密切相关，至少可以追溯到1890年威廉·莫里斯（William Morris）的《乌有乡消息》（*News From Nowhere*）。这种说法也许有些夸张，但即便设计类虚构作品仅仅局限于呈现未来技术的实物设计，而并非所有具备可行性的设计原型，我们仍能从过去找到符合要求的例子，从各种用于示范作用的机器人到宇宙飞船的实体模型，从汽车工业中广受欢迎的"概念车"到众多世界博览会的展品，例如脍炙人口的1939年纽约未来世界展。没错，你可以将所有世界博览会视为科幻次元里的虚构类设计作品，在那里，时间与空间被压缩，引发参观者对未来的想象。

而麻省理工的机械工程学教授约翰·阿诺德（John Arnold）的做法更独特，他虚构了一颗行星，将其用于"创意工程学"课程中。这颗行星的物理学与生物学特征都与地球大不相同。当时是20世纪50年代，他竟然要求学生设计出适合2951年大角星四号（Arcturus IV）上的居民们使用的产品。阿诺德的教学方式在学生中反响不错，却未得到校方认可。事实上，"部分教职员工认为，这是无异于是在教本科生给科幻杂志画封面，他们对此颇有微词"。

如今的设计类虚构作品中多了一种新元素，即对文化的自觉性，有些作品已经做到了这一点，有些可能还待改进，因为它有助于扩散设计类虚构作品的影响力。讲述想象力与技术关系的故事发生了变化，讲述技术本身的故事也在改变。斯图亚特·坎迪（Stuart Candy）用"体验性未来"（experiential futures）一词来表述"包括从浸入式体验到一个个独立的'未来物件'的一系列媒介"，它还是另一条思考世界不同可能性的捷径。

如今，设计实践越来越随性，愈发天马行空，既能接受来自各方的观点，又能促成对话与交流，它们具备技术价值，却不被短时间内是否可行所限制。这些特点决定了当今的设计实践的确与幻想以及越来越多融合科学与艺术的项目有很多相似点。设计影视作品中的叙事原型需要更为高昂的代价，但它与我们的设计实践密切相关。我们在设计影视作品中的叙事原型时，同样需要摆脱以往叙事方式的限制。

一旦意识到这些可能性，我们就能发掘出设计类虚构作品的新用途。它们也许迎合了连续创新企业的需求，这些企业需要持续开发出新产品，以降低创新在由设想变为现实的过程中流产的可能性。一些人开始倡导关于未来的多种可能性及其所需的技术元素的更大范围的讨论，而这恰好能为这些企业所用。这些倡导者与企业并不一定是站在对立面。最大程度上发掘技术的潜能，使人们更有可能过上他们希望过上的生活，符合二者的共同利益。

故事扮演的新角色

我们又回到了故事扮演的角色这一问题上。我们已经知道，故事在技术综合体中占有一席之地，并且是其形成的重要工具，但时至今日，这些故事所扮演的角色有时候会更为复杂，受到的局限性也更小。

　　我们已经看到，根植于技术中的故事、设计等虚构作品之间的联系形成了一张错综复杂、持续生长的网。对因果关系的认定已经失去了说服力。即便因果关系仍然存在，它们或许也失去了原有的利用价值。我们讨论的是文化织就的网，其中任何一个案例都是不可复制的。不过，随着时间的推移，似乎渐渐形成一条发展轨迹。

　　大致总结如下：

> ◆ 技术，以及为发展技术制定的计划，以故事为中心展开。简而言之：我们会将故事中描述的技术变为现实。
>
> ◆ 科幻作品提出问题：如果我们将设想中的技术变为现实，世界将变成什么样呢，这会造成怎样的影响呢？
>
> ◆ 设计类作品则说：这里有一种我们可以创造出来的东西，如果它真实存在于我们的世界中，你会作何感受呢？

　　这些故事并非彼此排斥，它们会互相影响。借助科幻作品中的观点来推广其项目的技术专家会说，他们即将发明的技术就像这部作品里描述的那样。有时候，他们还能把他们希望实现的技术的图像插入科幻电影中。而反对某项技术的人们当然也能采取类似的手段。设计类作品更像是提出一个开放性问题。如果我们有能力使虚构的设计成为现实，我们会利用它来做什么呢？并非所有故事都一定能达到作者希望达到的效果。但这一切都得益于虚构类作品无限的灵活性。正如鲁迪·拉克在设计类虚构作品出现之前就说过的："虚构类思想实验之所以在实践中具有极大的影响力，是因为设想新技术发展的难度特别大。只有当你将一项新技术放进一个非常逼真的虚拟世界中，并模拟出它对现实可能产生的影响，你才能对现实中可能发生的情况有一个清晰的认识。"或者，简而言之，在技术评估中，"与符合逻辑的分析相比，源于灵感的描述是更强大的工具"。

⏱ 10'

整理
傅丰元

从《银河系搭车指南》到
iPad: 电子书的虚实演化

这幅横跨 40 年的路径图展示了"电子书"在科幻作品里和现实产品中的演化轨迹，所截取的关键点交叉联结、相互影响。路径的一端，是《银河系搭车客指南》，一本虚构的电子书（出现在同名的真正的书里）。路径的另一端，是 iPad，一款来自现实世界的重新定义了电子书概念的设备。

1971 年，道格拉斯·亚当斯（Douglas Adams）躺在奥地利的一处田野里，喝得有些多。他手里拿着本磨损不堪的《欧洲搭车客指南》，心想，要是有人能写出一本银河系的搭车客指南该有多好。

从这个想法萌发到 1978 年亚当斯在 BBC 正式发表广播剧《银河系搭车客指南》之前，他设想出了一种轻巧、便携、由电力驱动的指南书，它能存储成千上万的文章、图片、视频和音频，还能帮助读者定位在宇宙中所处的位置。它的界面简洁，普通人都能轻易上手。到了《基本无害》里的"Mark II"版本，这本指南书还可以收集和处理用户的信息，更加个性化。与此同时，（在书系的某些版本里）它所收集的信息和给出的建议却都被程序员暗中操控。这些设备的特点和隐患与现今的情况如此相像，令人震惊，却又非只是巧合。

在《银河系搭车客指南》和 iPad 出现之前，平板电脑的概念已经出现在流行文化中。1951 年阿西莫夫在《基地》里描述过一种平板计算器；

苹果公司

道格拉斯·亚当斯

电子书

阿瑟·C.克拉克也曾设想出一种叫"Newspad"的平板新闻浏览器，并在斯坦利·库布里克1968年拍摄的《2001：太空漫游》里出现。《银河系搭车客指南》将这些概念综合在一起。亚当斯不仅仅延展了书的概念，还将全书变成了一位指导生活的全能向导：邓特展示全银河系，并将其解释得简单易懂的助理。

在书籍和其他媒体新形态的探索上，亚当斯是一位积极的参与者。第一次互联网泡沫期间，他创立了"数字村"（The Digital Village）公司，开发文字冒险游戏。1991年，他还和多媒体公司Voyager合作，推出了《银河系搭车客指南》的"expanded book"版本。这种用软盘作为储存媒介的电子书希望让读者获得更加动态的阅读体验。亚当斯还为此录制了一段音频解说，阐述如何"适当"地发明一本书。

亚当斯还是一位众人所知的苹果产品爱好者。他宣称自己拥有最早的在英国贩售的三台Macintosh中的一台；他见过史蒂夫·乔布斯；他在网上留下的最后一句话是对OS X的赞

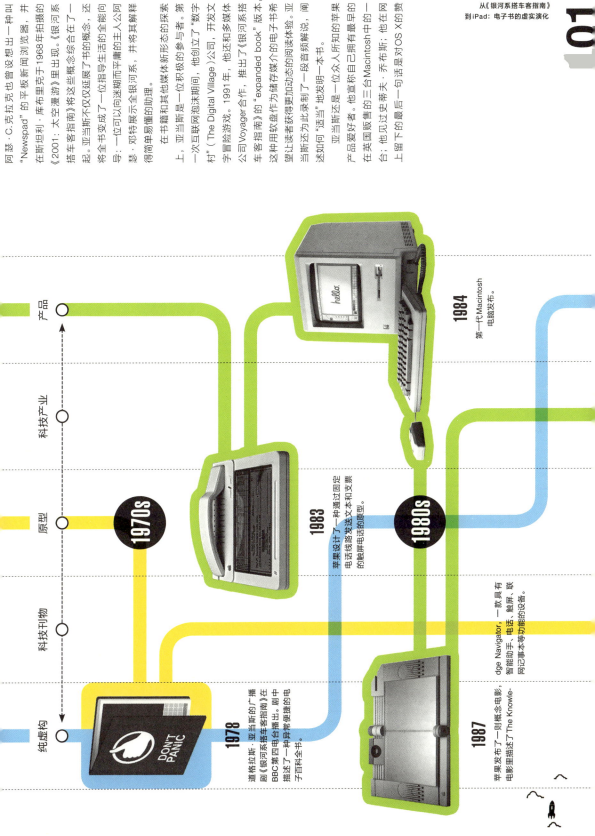

产品

科技产业

原型

科技刊物

纯虚构

1970s

1980s

1978
道格拉斯·亚当斯的广播剧《银河系搭车客指南》在BBC第四电台播出。剧中描述了一种非常便捷的电子百科全书。

1983
苹果设计了一种通过固定电话线路发送文本和支票的触屏电话的原型。

1984
第一代Macintosh电脑发布。

1987
苹果发布了一则概念电影，电影里描述了The Knowledge Navigator，一款具有智能助手、电话、触屏、联网记事本等功能的设备。

美之词。《银河系搭车客指南》和iPad之间似乎很容易联结。史蒂芬·弗里(Stephen Fry)在《时代》杂志里将iPad称为"迄今为止最接近《银河系搭车客指南》的人类发明"。然而在现实产品和想象最终融合在一起之前,它们跌跌撞撞地发生过多次交集。1987年,时任苹果公司CEO的约翰·斯卡利(John Sculley)设想了一种叫作"The Knowledge Navigator"的设备,它由一个触屏电话和具备语音功能的平板电脑组成。拍摄的概念视频里,语音助手在帮助一位忙碌的教授处理行程和留言,以及安排工作或私人约会。

这些想法最终融入到了1990年苹果发布的Newton MessagePad中。斯卡利计划在MessagePad里植入一个叫作"Newton Intelligence"的助理服务。这个助理服务会预判用户的行为,并基于这些判断做出操作。然而当时的技术其实尚未成熟。1000美元的定价以及这些缺胳膊少腿的功能合在一起打造出的是一款失败的MessagePad。

1996年,史蒂夫·乔布斯重返苹

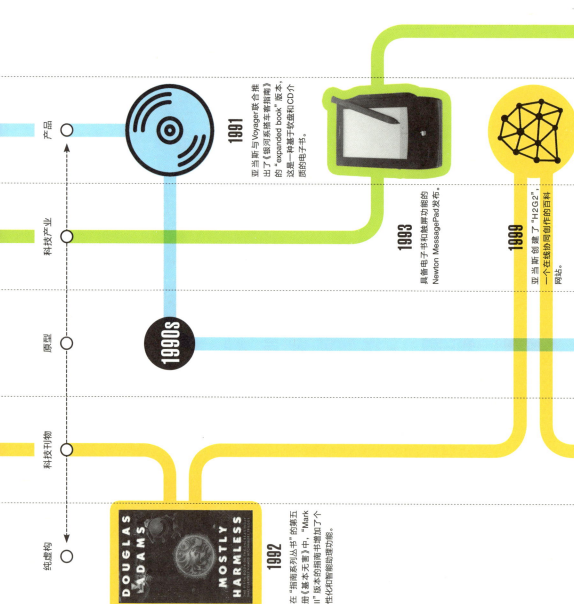

产品

科技产业

原型

科技刊物

纯虚构

1991

亚当斯与Voyager联合推出了《银河系搭车客指南》的 "expanded book" 版本,这是一种基于软盘和CD介质的电子书。

1993

具备电子书和触摸屏功能的Newton MessagePad发布。

1990s

1999

亚当斯创建了"H2G2",一个在线协同创作的百科网站。

1992

在"指南系列丛书"的第五册《基本无害》中,"Mark II"版本的指南书增加了个性化和智能助理功能。

DOUGLAS ADAMS

MOSTLY HARMLESS

果公司。他重新确定了移动性、易用性和响应能力优先的原则，并将想象和优秀的设计力结合，同时坚持开发当下的技术能胜任的功能。iPod重新设计了存储和获取音乐的方式，iPhone重新设计了获取信息的方式——无论是人际沟通还是地图查询。2010年，iPad发布，用户可以从iTunes里获取《银河系搭车客指南》的电影、有声书和电子书等各种版本。这般齐整的融合是否意味着亚当斯当年的设想已经完全被实现了？

我们该如何寻找下一本《银河系搭车客指南》？比起从前，人们能更容易地在各个平台叙述和分享自己的故事。这些想象资源不仅待传着产品设计师去挖掘，同时也在引发公共讨论，对我们的社群和文化产生真正的影响。1999年，亚当斯创立了"H2G2"，一个在线协同创作的百科网站。他将《银河系搭车客指南》开放给所有人来编写。当更多的人来参与到想象未来的过程中，人们将会建造出一个更好的未来。

2007
iPhone发布。

2010
iPad发布，用户可以从iTunes里获取《银河系搭车客指南》的电影、有声书和电子书等各种版本。

2009
《银河系搭车客指南》全系列图书通过电子书的形式发行。

2000s

2001
道格拉斯·亚当斯在健身时因心肌梗塞逝世。

资料来源：Better Made Up: does all innovation begin as science fiction? Lydia Nicholas and Jessica Bland; From the Hitchhiker to the iPad: The electronic book; Caroline Bassett , Ed Steinmueller and George Voss

🕐 35'

百年「科幻中国」
——从梁启超到韩松

作者 夏笳

2012年夏天的世界科幻大会上，一位美国科幻研究者向我和其他各位中国科幻作家提出这样一个问题："中国科幻的'中国性'是什么？"（What makes Chinese Science Fiction Chinese?）

这个问题让我第一次注意到"中国"与"科幻"这两个词之间微妙的张力关系。一方面，西方科幻小说诞生于现代资本主义所开启的工业化、城市化与全球化的过程，反映的是现代人在其中所产生的恐惧和希望，而科幻中最为常见的那些创作素材——大机器、交通工具、环球旅行、太空探险——也往往直接来自于这一真实的历史过程。另一方面，当这种文学形式在20世纪初被译介到中国时，它则更多时候是作为一种与"现代"有关的幻想与梦境，一幅足以超越现阶段困境的彼岸图景，督促"东方睡狮"从五千年文明古国的旧梦中醒来，转而梦想一个民主、独立、富强的现代民族国家。为了实现民族复兴的宏大目标，文人知识分子们看中了科幻小说，相信这种看似天马行空不接地气的玩意儿，能够起到"改良思想，补助文明"（鲁迅语）的惊人疗效。

当晚清文人们积极译介并倡导科幻小说时，他们似乎已隐约意识到，这种叙事模式最重要的意义，与其说是"普及科学知识"，不如说是以一种不同于"旧文学"的叙事样态，来刷新国人的三观。美国学者安德鲁·琼斯（Andrew F. Jones）在《发展的童话》（*Developmental Fairy Tales: Evolutionary Thinking and Modern Chinese Culture*）一书中分析了晚清幻想小说的书写传统：在一种进化/进步的时空观之下，野蛮与文明，传统与现代，神话与科学，中国与"世界"，被想象为截然二分的两重天地。然而这两重世界之间又是深刻断裂的，主人公总是自昏睡中一觉醒来，就进入了"文明境界"或者"四十年后之新中国"，又总是在游历结束之后"一跤跌醒"回到现实，并慨叹彼岸乌托邦的遥不可及。在此意义上，百年

来中国的科幻小说，大多都可被视作一种空间化的进化叙事，一种有关"发展"的童话。这种童话，建立在"乡土中国"与"现代中国"这两个世界之间的二元对立之上。

在过去一百多年中，中国科幻对于这种"发展童话"的描绘，一方面总是以那个永远距离我们一步之遥的"西方/世界/现代"为蓝本，并以"科学"、"启蒙"与"发展"的现代性神话，在"现实"与"梦"之间搭建起一架想象的天梯。另一方面，这些童话又因为种种历史和现实条件的制约而具有浓厚的"中国特色"，从而在"梦"与"现实"之间呈现出无法轻易跨越的裂隙和空白。理解了这种矛盾与纠结，你就理解了过去百年来中国科幻的"中国性"，从而也能够理解，在新世纪开启之际，中国科幻究竟在以怎样的方式，参与着那个将全体人类都卷挟其中的巨大现实。

一

晚清：科学或传奇

> 「改良思想，补助文明，势力之伟，有如此者。」
> ——鲁迅

中国科幻最早是从晚清时译介外国作品开始的。1891年，一位在中国活动的英国传教士李提摩太（Timothy Richard），将美国作家爱德华·贝拉米（Edward Bellamy）的《回顾》（*Looking Backward: 2000-1887*）翻译为中文，以《回头看纪略》为标题，在《万国公报》上连载。这部作品讲述一个生活于19世纪末的青年一觉睡醒，来到一百多年后的世界，在一位科学家的陪同下参观游玩。看到所有曾经困扰人类的苦难与不公，都随着技术的发展和社会体制的改革而得到完美解决。类似这样的作品，恰正应和

中国科幻大事记　⏱5'

1891年
英国传教士李提摩太将美国科幻作品《回顾》翻译为中文，以《回头看纪略》为标题，在《万国公报》上连载。

1902年

梁启超在《新小说》上开始连载《新中国未来记》，虽标明"政治小说"，但以"未来完成式"来畅想"现代中国"的手法却被此后一批科幻创作所沿用。

1903年
正在日本留学的青年学生周树人先后将两本日译凡尔纳小说翻译为中文，分别是《月界旅行》和《地底旅行》。

了当时中国呼唤社会变革的迫切需求，并对一批青年文人产生了深远影响。

1900年，法国科幻作家儒勒·凡尔纳（Jules Verne）的《八十日环游记》（Le tour du monde en quatre-vingts jours）被翻译出版。此后大批凡尔纳译作相继涌现，形成长达数年的"凡尔纳热"。这些译者中，不乏我们今天耳熟能详的名字，譬如梁启超就曾于1901年翻译了《十五小豪杰》，今天译作《十五少年历险记》（Beux ans de vacances）。而彼时正在日本留学的青年学生周树人（那时候他还不叫"鲁迅"），则先后将两本日译凡尔纳小说翻译为中文。这两部作品的名字，分别是《月界旅行》和《地底旅行》，也就是我们今天所熟知的《从地球到月球》（De la terre a la lune）和《地心游记》（Voyage au centre de la terre）。

在译介外国作品同时，一批中国文人亦纷纷开始尝试科幻创作。晚清科幻创作数量颇丰，与政论时评、国内外要闻、以及"大力丸"、"补脑汁"等广告一起，登载于各类报刊杂志。1902年，梁启超在《新小说》上开始连载《新中国未来记》，但只登到第五回就再无下文。小说开篇以1962年作为叙事起点，通过"全国教育会会长文学大博士孔觉民老先生"在"上海大博览会"上关于"中国近六十年近代史"的演讲，勾勒出1902—1962年间长达六十年的"历史/未来"。虽然发表时标为"政治小说"，但这种以"未来完成式"来畅想"现代中国"的手法，却被此后一批科幻创作所沿用。1904年，一位笔名荒江钓叟的文人在《绣像小说》上连载《月球殖民地小说》，讲述主人公龙孟华与日本旅行家玉太郎乘坐气球周游世界的经历，从中可以明显看出凡尔纳的影响。这部并未写完的作品，通常被认为是迄今为止所能看到的最早的中国科幻。

从创作形式来看，晚清科幻可大致划分为"未来记"和"历险记"两类，前者多以未来的中国与世界想象为背景，包括碧荷馆主人的《新纪

1904年

一位笔名荒江钓叟的文人在《绣像小说》上连载的《月球殖民地小说》被认为是迄今为止所能看到最早的中国科幻。（图：《飞翔吧！大清帝国》，武田雅哉）

元》（1908）、春颿的《未来世界》（1908）、陆士谔的《新中国》（1910）、吴趼人的《光绪万年》（1908）、包天笑的《空中战争未来记》（1908）、高阳不才子（许指严）的《电世界》（1909）等等；后者则多仿照旅行小说写法，想象主人公上天入地乃至漫游太空的奇遇，除《月球殖民地小说》外，还包括海天独啸子的《女娲石》（1904）、东海觉我（徐念慈）的《新法螺先生谭》（1905）、吴趼人的《新石头记》（1905）、中国老骥氏的《大人国》（1907）等等。

今天来看，这些作品中有许多荒诞不经的成分，因而被美国学者王德威冠以"科幻奇谭"（Science Fantasy）的名称。在《被压抑的现代性：晚清小说新论》（2005）中，王德威写道："这一类作品的出现，当然有西方科幻小说的影响，但传统神怪小说的许多特性依然发生作用。晚清科幻奇谭最引人入胜之处是，它统合了两种似乎不能相容的话语：一种是有关知识与真理的话语，另一种则是梦想与传奇的话语。"

有趣的是，王德威的这段话，似乎恰与百年前周树人对于"科学小说"的解读遥相呼应。在《<月界旅行>辩言》（1903）中，青年周树人大力称赞了此类作品启迪民智、推动进化的功用，并写下这样一段重要的话：

盖胪陈科学，常人厌之，阅不终篇，辄欲睡去，强人所难，势必然矣。惟假小说之能力，被优孟之衣冠，则虽析理谭玄，亦能浸淫脑筋，不生厌倦。彼纤儿俗子，《山海经》《三国志》诸书，未尝梦见，而亦能津津然识长股奇肱之域，道周郎葛亮之名者，实《镜花缘》及《三国演义》之赐也。故掇取学理，去庄而谐，使读者触目会心，不劳思索，则必能于不知不觉间，获一斑之智识，破遗传之迷信，改良思想，补助文明，势力之伟，有如此者！我国说部，若言情谈故剌时志怪者，架栋汗牛，而独于科学小说，乃如麟角。智识荒隘，此实一端。故苟欲弥今日译界之缺点，导中国人群以进行，必自科学小说始。

如果说晚清科幻的意义在于让中国人从一个怪力乱神的传奇世界里醒来，进入科学与真理的现代世界，那么所谓的"Science Fantasy"则以其混杂性，完成了从"梦"到"现实"的转换。所以在周树人看来，"科学"与"科幻"之间的关系，正如《山海经》与《镜花缘》，或者《三国志》与《三国演义》之间的关系一样——"科学"取代"神话"的前提，在于科学首先要以近乎"演义"的方式，被包装为另一种令人耳目一新的神话。

在晚清科幻中，最新奇的科学技术往往与魔法无异。譬如，在陆士谔发表于1910年的《新中国》中，主人公陆云翔一觉睡醒，来到1950年的上海，目睹中国富强进步的景象。随即他听人告知，多亏一位"南洋公学医科专院"留学归来的

"苏汉民博士"，发明了"医心药"和"催醒术"这两项技术，使得中国人从过去浑浑噩噩、沉迷于赌博鸦片的落后状态，变为文明开化的现代国民，"国势民风，顷刻都转变过来"，而政治改革与经济建设也就由此突飞猛进。依靠现代科技的发明医治人心，不仅令中华民族重获新生，甚至得以超越并克服西方现代文明自身无法解决的弊端。因为在作者看来，"欧洲人创业，纯是利己主义。只要一个字享着利益，别人饿煞冻煞，都不干他事。所以，要激起均贫富党来。"而自从此"医心药"发明之后，中国人个个大公无私，"纯是利群主义。福则同福，祸则同祸，差不多已行着社会主义了，怎么还会有均贫富风潮？"

类似这样的叙述，令人不禁联想到鲁迅作品中"药"的意象。在此意义上，晚清"科学幻想"，本身便可视作一种改良群治的工具，是包治百病的"大力丸"，也是化腐朽为神奇的"补脑汁"。

1928年，中华民国拟建首个现代天文台，并向庚子赔款委员会申请资金添置仪器。

1932年

老舍创作批判黑暗现实的反乌托邦作品《猫城记》。作品讲述"我"作为失事火星飞船的唯一幸存者，被一群长着猫脸的外星人带到他们国家，并亲历这个国家文明的衰败。

二 民国：现实与空想

> 「利用这一类小说来多装一点科学的东西，以作普及科学教育的一助。」
> ——顾均正

与晚清相比，民国科幻的面貌又有了些许变化。一方面，政治局势的紧张催化了"科学救国"的急迫意识，从五四新文化运动的"民主"与"科学"口号，到1930年代"科学下嫁"与"科学大众化运动"，用浅显易懂的文艺形式向大众普及科学常识，逐渐成为广泛的社会需求。各种科学期刊兴盛一时，而创刊于1934年的《太白》杂志更掀起了一股"科学小品热"。这些科普作品取代了晚清"科学小说"，成为科学传播的主要载体。另一方面，由于政局动荡、战乱频繁，文人知识分子不再对中国的未来抱有天真的幻想，彼时文坛主流亦以"为人生"和"偏向写实"为其价值取向，幻想小说遭到贬斥。这一时期，"凡尔纳热"

逐渐消退，H.G.威尔斯的科幻小说则被大量译介，这些作品被认为具有"丰富的想象力与精密的推理力"，可以"准确地预测未来世界将要发生的事情"，因此值得国人关注效仿。

根据北京师范大学任冬梅博士的整理，民国科幻创作可以分为三条不同的脉络。其一为"科普科幻"，代表作家为顾均正。他的创作宗旨是以小说形式普及科学知识，因而经常在故事中插入大段解释科学原理的文字，甚至附上相关公式图表以突出其"科学性"。其二为包天笑、徐卓呆等"鸳蝴派"文人所创作的"狂想科幻"，其中科普启蒙色彩淡薄，而多借"消灭机"、"不老泉"等神奇的超自然元素编造离奇故事，或展开对社会现状的讽刺调侃。其三为政治色彩较浓厚的"社会科幻"，多套用异域游记的形式，影射政局、针砭时弊，其中既有对社会主义或无政府主义的乌托邦的想象，也有批判黑暗现实的反乌托邦作品，譬如老舍创作的《猫城记》（1932）。

1932年底，一百多位当时中国知识界的文化名流们，以"梦想的中国"为征文题目，在报刊杂志上先后发表几十到千字不等的短文。从这些文章中可以看出，彼时学者文人们对于未来中国的预想，大多相当悲观。在这样一种"梦"与"现实"渐行渐远的社会氛围中，"科学"与"幻想"之间的关系，也就变得愈发纠缠。譬如，一位署名"劲风"作家，于1923年发表了《十年后的中国》。故事中的"我"通过潜心学习科学，研发出一种"十二倍于X光"的"wwww光波"，将十年之后进犯我国的"啊哪哒"国（影射日本）军舰尽数烧毁。然而小说结尾处，却揭示出这不过是一个写于"现在"的科幻故事，而正在写故事的"我"亦遭到女友的嘲笑："就凭你这么一个人，也想发明什么发射器来……兴国强种原是要大家打伙儿齐心努力，研究学问的研究学问，发展实业的发展实业，这样才能把中

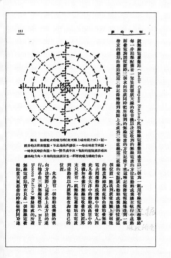

1939年

顾均正出版了《在北极底下》。顾均正以小说形式普及科学知识，经常在故事中插入大段解释科学原理的文字，甚至附上相关公式图表以突出其"科学性"。

国弄得富强起来。"而在许地山所创作的《铁鱼底鳃》（1941）中，爱国科学家雷先生发明了能够从水中获取氧气的"铁鱼底鳃"，想将这一技术应用于国防，却因时局动荡而报国无门。最终他在逃难中，失手将"铁鱼底鳃"掉落海中，自己也跟着跳了下去。作者叹息道："那铁鱼底鳃，也许是不应当发明得太早，所以要潜在水底。"

在《我为什么写科幻小说——<在北极底下>序》（1939）中，顾均正曾谈到，他最初因为读美国科幻杂志而对这类作品产生了兴趣，却"总觉得其中空想的成分太多，科学的成分太少"。尽管如此，考虑到科幻小说的社会影响力，他仍希望"利用这一类小说来多装一点科学的东西，以作普及科学教育的一助。"他的小说《和平的梦》（1939）以世界大战为背景，讲述名为"极东国"的邪恶帝国利用无线电台发射催眠电波，令美国人民不知不觉间接受了与极东国友好的思想。尽管作者为了普及科学知识，在文后专门加入了"催眠术原理"、"无线电定向法"等文字，并配以若干幅电磁感应示意图，但若以今天的科学常识来判断，小说中的"催眠电波"无疑属于非科学的"空想"。然而，从另一方面看，这一"空想"又传递出彼时人们对于科技与战争之间关系的某种真实感受。正如顾均正本人在文章中谈到：

> 用无线电来作群众催眠，现在虽然还没有实现，但是它的希望是极大的。当然像故事中的那种催眠效果也许是夸张得过分了一点，可是强力的暗示却确能使人发生一种不自知的信仰。有一位心理学家曾经说过，希特勒的演讲，暗示的力量远胜于他以理服人的力量，这话大概是可靠的。所谓近朱则赤，近墨则黑，凡观念习惯之受暗示而转变同化，都是不自觉的。最近报载，香港和菲律宾等地，都接到一种不知名的怪电台的播音，这

可说是将来秘密的催眠式的电波战的先声。

数年之后，当现代科技大规模投入第二次世界大战，并彻底改写了世界格局之时，类似于"wwww 光波"这样杀人如麻的科学幻想，也就在"空想"之中显出了几分令人恐慌的真实。

三 50—70 年代：从「星空」到「大地」

> 「科幻小说的现实主义不同于其他文学的现实主义，它充满革命的理想主义。」
> ——郑文光

新中国成立之初，由于工农业建设需要，科学技术和科普教育得到国家自上而下的重视。在全国科普工作热潮中，以文学艺术形式向读者传递科学知识与科学精神的"科学文艺"受到鼓励，科幻小说则被归入科学文艺之中，是"科普队伍的一支轻骑"。由于这一时期的科普创作大多是面向少年儿童的，使得科幻亦被打上鲜明的儿童文学印记。其创作者多来自少儿科普工作队伍，发表阵地则多为《中学生》《少年文艺》《儿童时代》等少儿科普期刊。

此外，建国初中国科普与科幻创作还深受苏联影响。从 1949 年到 1966 年，中国翻译引进的科幻小说约有百篇，其中苏联作品占了绝大多数，剩下的则以凡尔纳小说为主。一些苏联科幻理论，譬如《论苏联科学幻想读物》（1956）、《技术最新成就与苏联科学幻想读物》（1959）等也相继出版，其中谈到科幻文学应该为科学工作者提供对于未来的想象，应该根据马克思对社会发展的看法去研究如何描写未来的人。这些理论同样指导了这一时期的中国科幻创作。

可以说，建国之后的中国科幻，除了科普教

育的职能之外，另外一个重要的社会文化功能，在于以描绘美好蓝图远景的方式，赋予当下时刻以前进的动力。在这个意义上，彼时中国科幻中所描绘的未来，与所谓"社会主义现实主义文学"中的"现实"，两者勾勒出的是同一种具有潜在性的历史发展规律。对此，科幻作家郑文光曾经在一篇发表于1983年的文章中谈到："科幻小说的现实主义不同于其他文学的现实主义，它充满革命的理想主义，因为它的对象是青少年。……科幻小说很多是假定的，假想的，是未来的。既然是未来的，就更应该放射出理想主义的光辉！"当"未来"被"革命的理想主义"所规定时，也就似乎只剩下一种维度。

从1949年到1966年，这一时期发表的科幻小说也约有百篇，基本上都是短篇。有影响力的科幻作家，包括郑文光、童恩正、迟叔昌、王国忠、萧建亨、刘兴诗、于止（叶至善）、鲁克、嵇鸿等。他们的创作可大致划分为两个阶段。第一阶段为1949—1956年，作品以"探险参观"模式为主，尤其以宇宙探险为多。通过主人公（多为儿童）的见闻和教导者（多为老师、父亲或科学家）的解说，向读者传递天文或地理知识。其代表作有张然的《梦游太阳系》（1950）、郑文光的《从地球到火星》（1954）、于止的《到人造月亮上去》（1956）等。第二阶段为1956—1966年，作品多为"发明发现"模式，即通过参观者和解说者的互动问答，展现工农业与国防交通等领域的科技发明与繁荣景象。这一类代表作有迟叔昌的《割掉鼻子的大象》（1956）、《庄稼金字塔》（1958）、鲁克的《海底鱼厂》（1960）、《鸡蛋般大的谷粒》（1963）等。其中许多对于巨大农作物的描绘，依稀呼应着"大跃进"期间各种民歌、宣传画和新闻报道中所渲染的生产奇迹。

这些作品为读者带去了新鲜有趣的科技想象，但同时也因为叙事模式的单一而容易给人以僵化

教条之感。对于"新人"的刻画只停留在少年儿童身上，对于未来的"畅想"，则大多停留在生产力提高这样的物质层面上，而未能展现"社会主义新文化"的样貌。

对此，作家萧建亨曾在发表于1981年《试谈我国科幻小说的发展》一文中这样总结道：

> 无论哪一篇作品，总逃脱不了这么一关：白发苍苍的老教授，或带着眼镜的年青的工程师，或者是一位无事不晓、无事不知的老爷爷给孩子们上起课来了。于是，误会——然后谜底终于揭开；奇遇——然后来个参观；或者干脆就是一个从头到尾的参观记——一个毫无知识的"小傻瓜"，或是一位对样样都表示好奇的记者，和一个无事不晓的老教授一问一答地讲起科学来了。参观记、误会法、揭开谜底的办法，就成了我们大家都想躲开，但却无法躲开的创作套子。

1958年，随着"革命现实主义与革命浪漫主义相结合"的提出，文艺创作中出现大量对于共产主义未来的美好畅想。譬如郑文光的《共产主义畅想曲》，在1958年第23期《中国青年》上开始连载，但只登载了《三十周年国庆节》和《不断革命》两章便再无下文。小说第一章描绘了国庆三十周年的天安门广场上，"共产主义建设者"们在国庆节典礼上组成游行队伍，用各自的科技成果向祖国献礼："火星一号"宇宙航船、亩产万斤的麦子、全自动化的钢铁厂模型、把海南岛和大陆连在一起的琼州海峡大堤、火山发电站、将海水变成各种工业产品的海洋工厂，气象学家消灭了寒潮和台风，藏北高原的荒漠上年产小麦三十五万斤，"人造小太阳"将天山冰川融化，使沙漠变良田……甚至队伍中还有"散花的仙女"，"捧着桂花酒的吴刚和月中嫦娥"，

1954年

郑文光在《中国少年报》发表《从地球到火星》，讲述三个少先队员偷偷驾驶飞船探险火星的故事。小说甚至引发了北京地区火星观测热潮。

1956年

郑文光、迟叔昌等创作一系列畅想共产主义未来的作品。多年后郑文光回忆说，与"亩产万斤"的时代神话相比，他的小说是一个"彻底失败的作品"。

1958年，中国第一台计算机研制成功。

1964年，中国成功爆炸第一颗原子弹。

1970年，中国发射第一颗人造地球卫星。

1978年

少年儿童出版社出版了叶永烈的小说《小灵通漫游未来》，首印150万册，是迄今为止中国最畅销的科幻小说。

54　他们向我介绍：未来市生产的布，上面都涂有奇妙的去污油。所以下雨天，居民既不穿雨衣，也不撑雨伞，雨水落到衣服上，马上就骨碌碌地滚到地上。

1978年

童恩正的《珊瑚岛上的死光》登上第8期《人民文学》杂志，并荣获"1978年全国优秀短篇小说奖"。

1979年

中国迄今最有影响力的科幻杂志《科幻世界》的前身《科学文艺》创刊。

1979年

童恩正提出要将"科学文艺"与"科普作品"分开，认为科幻小说不应该承担科普的政治任务，而应该"宣传一种科学的人生观"。

以及"在云端里上下翻腾的龙",当然,这些奇观的背后都有着"飞车"和"无线电控制"之类高科技作为支撑。作者不禁感慨:"噢,科学技术的发展,把人引到什么样的神话境界里啊。"这一感慨恰恰道出了彼时"科学幻想"所扮演的神话功能。

多年之后,郑文光本人反思道:"从我自身的角度讲,我觉得《共产主义畅想曲》是一个彻底失败的作品,它其中没有幻想……因为当时的任何一个农民,都知道一亩地可以产粮2万斤的神话;任何一个城市居民,都了解10年内中国一定赶上英国,15年赶上美国的预言。面对这样的想象,我的科幻小说又算得了什么呢?"

(四)【新时期】:复苏与衰落

从1966年到1976年,中国科幻创作基本停滞。1976年5月,《少年科学》创刊号上登载了叶永烈的《石油蛋白》,标志着科幻在"新时期"的复苏。根据饶忠华主编《中国科幻大全》的统计,1976—1978年间共发表了四十余篇科幻小说,其中有许多是此前无法发表的旧稿,题材与风格也基本延续1950到1970年代的创作模式。

1978年3月24日,全国科学大会在北京召开,邓小平在大会讲话中强调了"四个现代化,关键是科学技术的现代化"。5月23日,全国科普创作座谈会在上海召开,郭沫若在闭幕式上发表讲话《科学的春天》,其中谈到"科学是讲究实际的……同时,科学也需要创造,需要幻想才能打破传统的束缚,才能发展科学。"在彼时的政治语境中,"科学"一方面联系着现代化建设,另一方面则与"解放思想,实事求是"的话语配合,借"科学真理-封建迷信"这样的对立,完成对此前政治路线的否定。正是这样的"科学热",为科幻提供了进一步繁荣发展的空间。

1978年8月,少年儿童出版社出版了叶永烈的小说《小灵通漫游未来》,据说首印就有150万册,并且引发了一股科幻小说的出版热潮。今天看来,这部作品中对于工业化和城市化的美好畅想,其实依旧延续了晚清"未来记"中"乡土中国"与"现代中国"的二元对立。小灵通乘坐一只气垫船前往"未来市","未来"在这里与其说是时间性的,不如说是一个平行于"现实"的异次元世界。在未来市中,人们吃的各种农副产品,是从"农厂"的流水线上制造出来的,"人造大米"和"人造蛋白质"不仅安全无害,而且口味以假乱真。更为重要的是,通过将农业生产工业化,"农村"形象亦不知不觉从"未来市"的地图中被抹去了。未来市的人们戴着"电视手表",开着"飘行车",住着一两百层高的"塑料房子",从事着记者、教师、工程师一类体面的脑力劳动,从而彻底告别了泥土里刨食的生活,这种愿景恰正应和了改革开放之初人们对于"四个现代化"的热情。

另一方面,伴随着面向西方世界的"对外开放",一大批20世纪以来的欧美科幻小说被译介到中国,令中国科幻迷的视野和欣赏趣味得以逐渐与国际接轨。除小说之外,欧美的科幻理论、科幻史与科幻资讯也不断被译介引入。1981年,叶永烈、郑文光、童恩正、刘兴诗、萧建亨等五位作家受邀成为世界科幻协会(WSF)的第一批中国会员,从而首次与国际同行们建立了联系。通过国际交流,中国科幻作家开始认识到彼时中外科幻之间的差异与差距,并在某种"落后"和"赶超"的文化自觉之下,开始进一步深入探讨科幻自身的文学与文化特质。他们希望能够突破此前"为科普而科幻"的创作观念,从而使中国科幻从一种被压抑的"欠发达"状态，一种落后且不成熟的儿童文学，迅速"成长"（或者说"进化"）为一种属于成年人的、现代化的文学形式。在这样的国际互动之中，科幻小说从此前"少儿科普"的附庸之下走出，逐渐获得相对独立的文化空间。

在此过程中，随着科幻小说社会影响力扩大，相关争议也开始涌现。1978年，童恩正的《珊瑚岛上的死光》登上第8期《人民文学》杂志，并荣获"1978年全国优秀短篇小说奖"。1979年第6期《人民文学》上登出了童恩正"谈谈我对科学文艺的认识"一文，明确提出要将"科学文艺"与"科普作品"分开，认为科幻小说属于文学，不应该承担科普的政治任务，而应该"宣传一种科学的人生观"。这篇文章开启了科普界与科幻作家之间关于"何谓科幻"的激烈争论。在这场持续数年的论战中，一些来自科普界的意见认为科幻姓"科"，科幻小说若不传递准确的科学知识，属于"灵魂出窍"，而这类指责后来更进一步发展为对科幻小说中"精神污染"的抨击。与之相反，以叶永烈、郑文光为代表的一批科幻作家，则强调科幻中的"文学"与"幻想"因素，并希望以此打破科学话语对于科幻创作的限制。与此同时，科幻作家亦尝试在创作模式方面有所突破，譬如郑文光所提倡的"社会派科幻"和叶永烈的"惊险科幻小说"，都引发了广泛关注和讨论。

70、80年代之交，中国科幻的创作和出版，正是在这样一种复杂的格局中走向繁荣。除各种科幻选集与丛书之外，还出现了《科学文艺》（《科幻世界》前身）《智慧树》《科幻海洋》和《科幻小说报》等以科幻为主要内容的报刊杂志。1981年，中国科幻创作达到一个高峰，根据饶忠华、林耀琛所做的统计："这一年（1981年）发表的作品有三百多篇，约为1976年到1980年这五年的总和，是我国科幻小说发展最快的一年；科幻

1979年

《中国青年报》刊文批判连环画《奇异的化石蛋》，引发了科幻"姓科姓文"的大辩论，最终导致科幻被批判。

1984年

出版局禁止科技出版社涉足科幻，中国科幻陷入低潮。

1984年，联想公司创立。

作者的队伍也从1978年的三十多人，扩大到二百多人，写作的力量有了可观的发展。"这一时期有影响力的作家有叶永烈、郑文光、童恩正、刘兴诗、萧建亨、金涛、王晓达、魏雅华、尤异、宋宜昌、王川、王亚法、迟方、缪士等。

从1982年开始，科幻热潮开始逐年减退，一批科幻作家纷纷停笔或改行，中国科幻陷入长达十余年的低谷，被称为舞会上悄然退场的"灰姑娘"。总体来看，这一衰落过程是一系列政治、经济、社会与文化因素共同造成的。譬如叶永烈就曾将"中国科幻小说跌入低谷"的原因归结为五条，分别是"商业气氛日浓"、"来自科学界的过苛的批评"、"文学界的不重视"、"中国科幻小说缺乏力作"、"过多的行政干预"。但另一方面，如果仔细阅读这一时期发表的科幻小说，我们似乎亦能够从中把握到一种更加内在的转变：伴随着社会、文化与思想转型，"科技万能"的乐观精神与乌托邦理想，正逐渐被种种复杂的"现实"所冲淡。

1987年，叶永烈在《科学文艺》上发表了一篇名叫《五更寒梦》的小故事。故事主人公"我"是一名科幻作家，因为在寒冷的上海冬夜难以入眠，不禁浮想联翩，冒出一连串气势磅礴的"科学幻想"：利用地热、太阳能，甚至"用大玻璃罩将上海罩起来"，让上海的冬天变得温暖如春。然

1989年

《科学文艺》改名为《奇谈》。

1991年

《奇谈》改名为《科幻世界》。

科幻世界 SCIENCE FICTION WORLD

1991年

韩松短篇小说《宇宙墓碑》获得"世界华人科幻艺术奖"首奖。文科出身，工作于新华社的韩松，其作品充满了阴郁诡谲的寓言色彩。

1994年，中国全功能接入互联网。

1995年

星河在《科幻世界》发表《决斗在网络》，是中国早期较有影响的赛博朋克科幻作品。

而，工程是否能被批准，能源和材料从何而来，是否具有可操作性，诸如此类的种种"现实问题"，使得所有幻想都遭遇无情否决。最终"我"不禁哀叹："岂止是'戴着草帽亲嘴——离得远'，现实小伙跟幻想姑娘之间隔着十万八千里哩！"这种遥不可及的距离感，展现出的是一个中国人正在从"共产主义畅想"中醒转来时的不安与不适。

（五）世纪之交：全球化时代的恐惧与希望

「收缩与暴涨，战争与和平，专制与自由，肉身态与机器态，来回的奔波与选择，却都不能解决你们的难题。时间和文明都成了在一个泥坑中打旋的腐水。」
——韩松

经历了1980年代中后期的萧条与沉寂，中国科幻于1990年代之后终于又迎来新的繁荣。这一时期，无论是国外作品的译介，还是本土的创作、出版、理论研究、科幻迷文化，以及与港台、国际等方面的交流互动，都达到前所未有的丰富与多元。尽管有关科幻与科学、文学、儿童文学乃至其他通俗类型文学之间关系的争论仍在继续，但科幻创作却也正是在这样的氛围中，不断对新的题材、形式、主题与风格，进行百花齐放式的探索。这一时期所奠定的创作格局，一直延续到新世纪之后，并且伴随新元素、新作家、新市场的不断涌现，焕发出勃勃生机。

这一时期，以改版之后的《科幻世界》杂志（其前身是《科学文艺》）为平台，一批被称为"新生代"的作家成为中国科幻的主力军。这些作家大致可以被划分作三组进行讨论：

其一是出生于1970年代，于1990年代进入大学并开始科幻创作的青年科幻作家群体。其作品多集中刻画某一"多余人"在现代/后现代反乌托邦中的个人遭遇和身心状态，从中传递出对现代进步的质疑,对都市生活、工业景观和机械化的厌弃,以及对失落的精神家园的怀旧感伤之情。

其二是何夕、王晋康、刘慈欣这三位常年工作生活于中小城市,具有工科知识背景,因大量创作所谓"核心科幻"而占据科幻文学中的主流位置,并且引起最多关注和追捧的作家。其作品多浸染浓郁的悲剧英雄情结,"关注宏大的主题,关心人类、地球和宇宙的命运,也关注国计民生","充满爱国主义激情,激扬着道德评判,耽于幻想而又永不失现实之感"(韩松语)。

其三则是文科出身,工作于新华社的韩松,其作品充满阴郁诡谲的寓言色彩,通过将本存在于"现实"和主观世界中的多元、混沌、反常、非理性,释放并散播到科幻的异境中,从而唤起读者对这个充满问题性的当下世界的警醒和思考,并由此叩问"人性"、"理性"、"科学精神"、"文明进步"这一系列神话光环背后的荒诞和不确定性。

在这一时期的科幻作品中,"进化/选择"是一组异常重要的关键词:迫于"种群进化"的压力,一切智慧物种(人类、机器人、人造人、外星人)都不得不为了生存竞争而做出残酷的选择。而这类以"物竞天择"为名的大叙事,则将全球资本主义的市场法则,呈现为人力不可撼动的"自然规律"。在这"唯一的游戏规则"中,个人或集体,"我"或者"我们",究竟应该如何做出抉择,构成故事中最为核心的矛盾。

这种纠结和矛盾,在青年科幻作家刘维佳的短篇小说《高塔下的小镇》(1998)中得到极为形象的表现。在小说开头,作者为我们刻画了一座田园牧歌般安详和平的小镇,镇中央的高塔是宛如神迹一般的高科技防御武器,可以放射出死光,将一切企图进入小镇的生物当场击毙。在高塔的保护范围之外,则是一个弱肉强食的荒蛮世界,不同文明为了争当世界霸主而征战不休。故事男主角"阿梓"(同时也是第一人称叙事者),是一个在小镇上长大,满足于平凡生活的青年农民。然而他暗恋多年的女孩"水晶",一个爱读书的知识青年,却对外面的世界充满好奇。在大量查阅小镇图书馆中的藏书之后,水晶告诉阿梓一个惊人的发现:由于高塔的保护,小镇上的生产力水平在过去三百年中都毫无变化,宛如一颗被"进化"的世界所遗弃的小石子,而这样看似完满的生活,实则既没有意义也没有希望。小说结尾处,水晶下定决心走出小镇,去追寻不一样的生活。而阿梓虽然内心中充满纠结,却依旧不敢走出高塔的防御圈之外,只能目送水晶独自离开小镇一去不复返。

小说中的"小镇"和"世界",向我们勾勒出当代中国科幻中最具代表性的一种空间结构:一个代表着家园和栖居之所的"人"的世界,在一个巨大而冷酷的"非人"世界面前脆弱无力。由于"进化/进步"的历史阶梯,已先在决定了二者之间的等级秩序和发展方向,因而前者无论如何也无法避免被后者击溃和侵吞的命运。这幅似曾相识的历史图景,早在马克思与恩格斯的《共产党宣言》中就已经向人们生动地展现出来:

> (资产阶级)迫使一切民族——如果它们不想灭亡的话——采用资产阶级的生产方式;它迫使它们在自己那里推行所谓文明,即变成资产者。一句话,它按照自己的面貌为自己创造出一个世界。
>
> 资产阶级使农村屈服于城市的统治……它使未开化和半开化的国家从属于文明的国家,使农民的民族从属于资产阶级的民族,使东方从属于西方。

沿着这一思路,我们亦能够辨认出这份面对"进化"的纠结态度在当代中国科幻中的各种变

1999年,华大基因成立。

2010年

刘慈欣的《三体Ⅲ: 死神永生》上市,随后几年,刘慈欣登上"中国作家富豪榜"。

2013年,中国完成首次载人航空旅行。

奏。譬如在刘慈欣笔下,"生存竞争"与"进化"常常被设想为普遍的"宇宙公理"。在《吞食者》(2002)中,一支名为"吞食者"的外星文明为了延续自身生存而毁灭了地球。对此,一个地球人发出质疑:"难道生存竞争是宇宙间生命和文明进化的唯一法则?难道不能建立起一个自给自足的、内省的、多种生命共生的文明吗?"而吞食者的回答则是:"关键是谁先走出第一步呢?自己生存是以征服和消灭别人为基础的,这是这个宇宙中生命和文明生存的铁的法则,谁要首先不遵从它而自省起来,就必死无疑。"

2007年,在与上海交通大学江晓原教授的一次对谈中,刘慈欣将这一两难困境推演到"生存"与"人性"二者择其一的层面——当人类集体面临生存危机的时候,究竟是要选择丢掉人性而活下来,还是保持人性直到最终灭亡?对此刘慈欣表示:"我从开始写科幻到现在,想的问题就是这个问题,到底要选哪个更合理?"而彼时正在写作中的《三体Ⅱ: 黑暗森林》,可以看做是对这一问题的正面回答:小说中,有道德的地球人类遭遇了"零道德"的宇宙,其间各种外星文明仿佛

处于霍布斯所描述的"自然状态",进行着"一切人反对一切人"的恐怖斗争。为了人类文明的生存与延续,主人公不得不进行一系列残酷的选择,并同时高喊他们的人生信条与行动口号:"失去人性,失去很多;失去兽性,失去一切!"

与这些作品相比,韩松的独特之处,正在于他对"进化"这一神话的反思。在韩松笔下,时间是混沌的,"历史"与"记忆"如同幽暗的迷宫,个体在其中彷徨迷茫,永远找不到一条光明的救赎之路。在他丰富而晦涩的作品中,依稀有某一贯穿始终的元叙事:那是一种不断回到原点的"环舞",是围绕同一意象的两种反向运动,并最终形成闭合的圆环。譬如在《受控环》中,人类王国与机器王国交替出现,如同钟摆周而复始,每次变化发生之后,国民们都丧失了记忆。前来这里试图拯救这个王国的"控制论专家"向"海洋王"指出:

你们随时间而变化,却不能随时间而进化。
……
我已看清,是有人玩了把戏,让你们在一个周期的两端来回折腾。当到达一个端点时,干扰便会出现并被放大,负反馈便也产生了,这使你们的文明荡了回去。然后又是新的干扰,又是新的信息积累,又是另一番放大,又通过负反馈回到原来的端点。收缩与暴涨,战争与和平,专制与自由,肉身态与机器态,来回的奔波与选择,却都不能解决你们的难题。时间和文明都成了在一个泥坑中打旋的腐水。

通过诡异的想象力与饱满多汁的语言,韩松向我们展现出一幅幅现代文明的颓废图景:事物一面循环往复一面沉沦,形成螺旋状下行的运动轨迹,并在此过程中溃散腐败,

走向混乱无序，以及最终的覆灭和虚无。一切事件都在无限度无方向地生长，在否定之否定中，在遗忘与对抗遗忘的徒劳无益中，在文明自身的非理性与试图以科学认知对抗这种非理性而产生的宰制与压迫中，在未完成的永恒轮回中，不断延宕。

最终我们发觉，在韩松的叙事中，一切看似充满希望的解放、逃逸或救赎之道，却不过是于冥冥之中完成了循环轮回的过程，而现代人和现代文明则被囚禁其中不得解脱。这种囚禁并不同于鲁迅在《呐喊》中所描述的那种静态而封闭的"铁屋子"，而是充满动感，人们非但不昏睡，反而躁动不安地投入连续不断的运动中，不断否定现状，质疑权威，以科学和理性解决旧问题，制定新计划，做出大踏步前进的姿态。然而这幅欣欣向荣的"进步"幻象背后，却是永恒轮回，是沉沦和崩溃，是一条螺旋下降走向堕落与幻灭的运动轨迹。

结语：
探索边疆

今日中国，乃至于今日世界，已不能够仅仅用"乡土"与"现代"两个世界之间的"发展/断裂"来描述，而毋宁说是各种各样异质性的世界犬牙交错地挤压在一起。如果我们忽视这些世界之间的差异和边界，忽视每一个世界各自有其伦理道德和法则这一事实，而简单地用"生存竞争的铁律"来概括它们之间的矛盾与冲突，我们就会以为这些世界只要用一两条放之四海而皆准的"公理"就能够全面概括，就会将它们通通描绘成"一切人反对一切人"的"黑暗森林"。在我看来，黑暗森林的真正残酷之处，正是每一种文明/个体都放弃了理解他人的努力，从而"不惮以最大的恶意来揣度他人"，并将所有差异性的存在都视作猎手和敌人。我们不愿意离开自己所习惯的小宇宙，不愿意去冒险进入他人的世界，而选择在疆界地带架起铁丝网和机关枪，并以"残酷无情的宇宙法则"这样去人格化的假想敌来为自身的怯懦提供借口。

正是这样一种现实，提醒我们重新思考科幻作为一种叙事的意义：不仅仅是"发展童话"，也不仅仅是凭借科技神话在"乡土"与"现代"之间搭建一道想象的天梯。在我看来，科幻小说的核心魅力，在于打破种种思想的限度，去用此前被认为不可能的方式思考，去认识"未知"，去理解"他者"，去走出"常识"所划定的小圈子，去探索种种可以理解与不能理解、可以言说与不能言说的事物之间的边疆地带。

在此过程中，理性的"认知"和情感性的"理解"同样重要，唯有这样，才能帮助我们平衡"科学思辨"与"人文艺术"之间的紧张关系——通过理性而唯物的科学家眼光，科幻将个人提升到宇宙的高度上去认识人类；与此同时，人文艺术的维度，则要求我们肩负起理解每一个陌生人的道德责任，鼓励我们对于未知的好奇，对于差异的尊重，以及在准备跨越边疆的同时坚持自我的勇气，并通过理解形形色色的他人世界而重新反省自身状况。

2014年夏天，我为英文世界的读者写了一篇介绍中国科幻的文章，标题就是两年之前曾让我困惑的那个问题，"What Makes Chinese Science Fiction Chinese?"在文章结尾，我这样写道：

> 科幻小说是一种——借用德勒兹（Gilles Deleuze）的话来说——永远处于"生成"（becoming）状态的文学，是一种诞生于"边疆"（frontier）之上，并伴随边疆不断游移迁徙而生生不息的文学。这边疆绵延于已知与未知、魔法与科学、梦与现实、自我与他者、当下与未来、东方与西方之间。因为好奇心而跨越这边疆，并在颠覆旧识和成见的过程中完成自我认知与成长，是人类文明发展的内在动力。在当下这个重要的历史时刻，我愈发相信，要变革现实，并不能仅仅依靠科学技术，而更是叫千万普通的男男女女老老少少知道，生活应该更美好，也能够如此，只是需要想象力，需要勇气、行动、团结、爱与希望，需要一点对于陌生人的理解与同情。这是每个人与生俱来的可贵品质，也是科幻所能带给我们最好的东西。

◆「中国科幻大事记」参考资料：《百年"科幻中国"——从梁启超到韩松》夏笳，《内地科幻百年大事年表（2014版）》飞氘

中短篇科幻：三十年，三十篇

🕐 10'

作者 戴一

1980年代是中国科幻新时代的开端。老一辈科幻作家如叶永烈、郑文光、童恩正、刘兴诗等人在为科幻正名，默默地奔走耕耘着；同时韩松、刘慈欣等新生代作家开始他们还略显稚嫩的科幻创作；夏笳、陈楸帆、飞氘、宝树等更新代科幻作家都是八零后。1980年代之后是新中国成立后大陆科幻真正开始走向正轨、通过市场走向国际的阶段，我们在此选取了近三十年内的三十篇中短篇佳作以飨读者，每一位作者尽量选取其早期成熟作品，争取将不同题材和类型的作品展示给大家。

《天道》 韩松，1988
技术时代的聊斋志异

韩松在就读新闻硕士期间的系列作品锚定了他未来的风格走向，其中就包括《天道》和《宇宙墓碑》。从《天道》开始，他的大多数作品重视意象，情节次之，充满了冷峻、黑暗的超现实主义和后现代主义的质感。

《闪光的生命》 柳文扬，1994
一百年真的很长吗

柳公子的处女作讲述了一个被囚在电脑中的生命如何发出信号，破解阴谋的故事。可是他自己，那个囚于一日的闪光生命，那个待在废楼十三层暗狱的人会不会发出T-mail："戴茜救我"？很多年以后偶遇的人们也许会问是谁长眠于此，说好的时间足够你玩啊混蛋，他却再没有醒来。

《桦树的眼睛》 赵海虹，1997
植物的共情

小说假定了植物也和人类一样有情感，风吹过林海，桦树就像目击者和见证者一样，静静地述说着故事的真相。

《亚当回归》 王晋康，1993
父辈的旗帜

如果刘慈欣是中国科幻的天空，那么王晋康就是坚实的大地。1993年，45岁的王晋康为了给自己的儿子讲故事而闯入了科幻圈：2253年人类首艘星际飞船"夸父号"返航，四位船员只剩下王亚当一人，他将面对怎样的地球？他的生活将如何重新开始？

《教授的戒指》 毕淑敏，1994
医者仁之心

毕淑敏的作品一向以柔情注入她所擅长的医学领域。陶若怯教授为了治疗病人，发明了一枚带有人体生物电流传感器的戒指，带上它就能体会到病人的感受。在体会各种病痛的过程中，教授献出了自己的生命。之后受非典事件触动，毕淑敏还推出了长篇科幻小说《花冠病毒》。

《杀人蚁》 郑渊洁，1996
童话大王的科幻世界

虽然现在的科幻极力渴望摆脱儿童文学的标签，以标榜自己的成熟和成人化，但是不得不承认少儿科幻依旧是科幻重要的一部分。童话大王郑渊洁很早就开始写科幻，皮皮鲁系列中的《杀人蚁》便讲述了一个实验室中的蚂蚁进入自然界的故事。

《高塔下的小镇》
刘维佳，1998

反乌托邦的中国寓言

国内反乌托邦的经典之作，故事发生在一个看似衣食无忧的梦幻天堂中，人们却为冲出永远被高塔庇护的小镇前赴后继。

《带上她的眼睛》
刘慈欣，1999

你是我的眼

1999年是刘慈欣崭露头角的一年，这一年他在《科幻世界》一连发表了四篇小说，并凭借《带上她的眼睛》首次获得科幻银河奖。这篇小说和《乡村教师》一样在他的小说中属于异类，虽然没有宏大的构思和让人吃惊的科技幻想，但读者都会被那种技术下的柔情所打动。

《大角，快跑！》
潘海天，2001

夕阳下的奔跑是我逝去的青春

故事发生在大瘟疫时期，少年大角为了救治危在旦夕的母亲冒死寻药，颇有点蒸汽朋克的热血柔情。潘海天1994年开始陆续发表幻想作品，因《大角，快跑！》被读者昵称为"大角"，之后重心转向国内架空世界"九州"的构架，是"九州"创世七天神之一。

《瘟疫》
燕垒生，2002

末日的铁血与柔情

《瘟疫》一改以往病毒题材的思路，提出一个有意思的假设：那些感染病毒的石化人他们还活着吗？他们会不会只是比我们行动更慢的人类而已……

《MUD——黑客事件》
杨平，1998

DOS时代的赛博朋克

国内的赛博朋克滥觞于星河的《决斗在网络》和杨平的《千年虫》《MUD——黑客事件》，这些现在看起来可能已经过时的科幻故事却影响了一代年轻人，陈天桥就是被《MUD——黑客事件》鼓动得热血沸腾走上了创业之路。

《橱窗里的荷兰赌徒》
李兴春，2000

不确定性的必然

提起《橱窗里的荷兰赌徒》任何一个资深幻迷都会印象深刻。作为国内为数不多的数学幻想小说，文章巧妙地将概率论和故事情节结合起来，至今仍为人津津乐道。作者李兴春创作的《古罗马杀人定律》《强盗逻辑》《天算》等都是类似风格的佳作。

《马姨》
Shake Space，2002

集体意识的群舞

《马姨》的原始构思来自《哥德尔、艾舍尔、巴赫》中的寓言《蚂蚁赋格》，它深刻地反映了复杂系统中的"涌现"和"自指"的思想。Shake Space另一个为人熟知的名字是"遥控"，据说他曾经在第欧根尼俱乐部开盘坐庄，用自己的长篇连载来赌博，让读者们押注猜下一章的情节发展……

《伤心者》
何夕，2003

领先时代的孤独者

这个永远在自己作品里当主角的男人自信而又腼腆，正如《伤心者》里的何夕一样超越时代却又不谙世事。小说中，天才的何夕发现了"微连续理论"却不受重视，没有人愿意买他的书，直到几百年后人们凭借他的理论造出了时光机。

《春日泽·云梦山·仲昆》

云和山的彼端

拉拉，2003

作为拉拉的科幻处女作，这篇取材自偃师造人的小说将东方神话进行全新演绎，有一种草地上跳动的春意和云梦上泛着水汽的朦胧之感。

《关妖精的瓶子》

稀饭科幻

夏笳，2004

《关妖精的瓶子》里的妖精一改寓言传说中的精明能干的形象，总是在和物理学家的打赌中败下阵来。作品关于麦克斯韦妖的演绎让人耳目一新，同时也将软硬科幻的讨论再度推向高潮。

《深度撞击》

科幻照进现实

谢云宁，2005

2005年，NASA的深度撞击号将撞击坦普尔1号彗星，组织者发起了"将你的名字送上彗星"的活动，将参与者的名字刻在CD上一同升空。小说就以此为背景展开。你和你所爱的人的名字能够被搭载进入这个旅程，并可能成为历史上最美丽的太空焰火的一部分。

《男人的墓志铭》

杞人忧天的女儿国

长铗，2004

《男人的墓志铭》是长铗这个笔名发表的第一篇小说，讲述未来Y染色体消失而导致男人灭绝。他还写了一篇《男人的复生》来呼应这个主题。长铗是一个才华横溢的作者，每一篇作品都让人惊艳，但是2010年后他消失了。直到比特币火热时，他成为了业内有名的"黑胡子"。

《讲故事的机器人》

一个科幻作家的自白

飞氘，2005

这篇小说很像一个精美的童话，有完美主义倾向的讲故事机器人为了编出一个最美的结局而苦苦思索。这是作者飞氘自身的写照，他说自己"下辈子想做一个机器人"，写作对他来说是不得不写的欲望，是一种生存的方式。

《寂静之城》

不可说不可说

马伯庸，2005

《寂静之城》是一篇无法言说的预言，因为审核导致人们能使用的词汇越来越少，以致我们只能默默地闭上嘴，静静地打开书。作为如今炙手可热的作家，马伯庸的风格却一向比较白烂，题材也无所不包，科幻作品却不是太多，《末日焚书》《马克吐温机器人》等让人过目难忘。

《上校的军刀》

中国军事硬科幻

韩文轩，2006

夹杂在《三体》第一部连载的洪流中还能泛出自己光亮的，《上校的军刀》肯定算一篇。故事发生在人与机器人世界大战的未来，通过一把军刀折射出人与机器人的阴谋诡计和爱恨纠葛。

《归者无路》

奇点时代的温情

迟卉，2006

迟卉在2005—2008年创作了"归者无路"三部曲（《归者无路》《冰蓝色的翅膀》《碎裂的天空》）。小说中，人的意识既可以上传到网络也可以上传到其他人的身体，但小说反映的仍是传统的"回家"与"亲情"主题。

《祖母家的夏天》
郝景芳，2007
科幻的道与名

一个学业受挫前途迷茫的年轻人来到祖母家度假，怀器不露的祖母有着惊人的专业能力和豁达的胸怀，在她的指点下年轻人学会了如何生活。物理学和经济学毕业后，郝景芳投身金融行业，既写科幻小说也写主流文学。

《桃伯特的故事》
墨墨，2007
浓墨重彩的科幻童话

墨墨的《桃伯特的故事》是国内为数不多的科幻画册，这则故事是其中之一。桃伯特是一个无所不能的机器人，"它几乎经历过古今中外所有时空中的所有故事，并且总是在扮演着人类一直在扮演的悲剧性角色，这是连一个机器人都无法想象的最坏的命运"。

《笼中乌鸦》
崔小暖，2010
重口味代孕

漫画家崔小暖写的科幻并不太多，《笼中乌鸦》《秤砣过河》寥寥数篇而已，自己写稿画插图却均属佳作，然后神龙见首不见尾般从幻迷视线中消失了。《笼中乌鸦》从一位"孕妇"被囚密室开始，巧妙地将笼中乌鸦和乌鸦反哺双重含义结合起来，谜题逐层揭开，画面感很强。

《湿婆之舞》
江波，2008
盖亚地球新诠释

湿婆是古印度的毁灭之神也是创造之神，江波在小说里用病毒毁灭了人类，又用病毒将地球连成一个盖亚般的整体。江波从2003年开始创作科幻小说，其长篇"银河之心"系列是国内为数不多的太空歌剧佳作。

《一起去看南湖船》
宝树，2011
时空旅行的或然历史

很多人说"宝树最好的作品都是无法公开发表的"，《一起去看南湖船》最早发在"水木清华"BBS上，讲述的是时间旅行回到1921年嘉兴南湖的故事。宝树之后又续写了两部《我和时间有个约会》《与湿婆共舞》，组成了"平行宇宙三部曲"，将他戏谑宏大的风格展露无遗。

《G代表女神》
陈楸帆，2011
后现代主义的性隐喻

这篇小说充满了性张力让人热血喷张，用科幻手法反映了后工业时代人类陷入的巨大孤独和疯狂。陈楸帆的作品有些很重口味，有些又很灵动，他是用想象力在与世界对话。"科幻是最大的现实主义"，所以他会写出"未来病史"系列和以他家乡为背景的《荒潮》。

《烤肉自助星》
梁清散，2011
吃货的真情流露

当一位穿着密封宇航服的饥肠辘辘的探险者来到满是烤肉的星球上会遇到什么？仅仅是对食物的原始欲望就能勾起人的阅读欲望。

《二维人生》
廖舒波，2012
平面国内外

《二维人生》讲述了一位"二维"女孩的成长故事，有着和《平面国》一样精巧的构思和人情，也显示出科幻和奇幻的界限并非那么泾渭分明。

布鲁斯 · 斯特林：
物联网为什么会失败

45' ⏱

The Epic Struggle of
the Internet of Things

作者
布鲁斯 · 斯特林
（Bruce Sterling）

译者
葛仲君

什么是物联网

要理解"物联网"（Internet of Things），首先要知道它指的不是互联网上的"物"。它是那些强大的利益团体出于自身目的想出的一个代号。

他们之所以喜欢"物联网"这个口号，是因为它听起来既温和又进步。这个口号掩盖住的，是在实现"物联网"过程中在能源、金钱和影响力方面所要经历的各种艰难。虽然仍有实实在在的互联网技术介入其中，但在物联网领域，传统互联网所占的比重越来越小。

首先，我必须让读者撇清一些关于物联网的传统观念。

请想象一下，读者一只手拿着台智能手机，另一只手拿着件"物"，假设是台老式家用吸尘器的把手，总之就是从前消费经济时代的一件标准物品。

读者一边高兴地清理着家里的地毯，一边在手机上刷新Facebook上的新消息，他会很自然地想：为什么我手里这两件东西存在于两个如此不同的世界？我左手握着的是能上Facebook的高科技手机——这就是"互联网"。但我右手握着的是一个噪音不断、效率低下的老式模拟"物"！作为一名顾客和消费者，为什么我不能出于自己方便考虑，把"互联网"和"物"结合在一起呢？

这个概念听起来特别有远见，也肯定能给大多数年轻人留下好印象。所以在主流新闻里，这样的叙事方式能很好地解释什么是物联网。如果读者再认真思考一下这个例子，就能轻易地从中提炼出基本思想。"应该给这台吸尘器安装上Wi-Fi和传感器！另外，作为它的主人，还应该拥有一个移动应用或者控制面板，以获得更多关于它的实用信息——比如它所耗费的电量，或者它在地毯里发现的毒素数量。另外，这个吸尘器还应该像机器人一样，能到处跑着做清洁，完全自动化！"

这就是物联网的标准场景，它建立在消费电子产品的传统叙事框架上。人们经常会嘲笑物联网，因为他们在日常生活中不需要这么多无用的技术。它们看起来如此浮夸，甚至就是骗人的。

这不是真正的物联网。

这一场景真正的问题是，读者把自己当成了故事的主角。对于吸尘器生产商来说，他是"顾客"或者"消费者"。在互联网时代，他是"用户"。而在物联网时代，他失去了作为"顾客"和"用户"所拥有的特权地位，因为物联网并不是一个消费者社会，而是一个物化了的网络社会，就像现在的Google或Facebook那样。

Google和Facebook没有"顾客"和"用户"。取而代之的是"参与者"，他们处在机器的监视之下，他们的行为被机器通过算法与企业自己的"大数据"结合在一起。它们不需要读者来作主角。在它们的故事里，读者不再是理性自主的人，也不需要他们用购买行为来促进物联网的发展。当读者不再决定影响它的发展的时候，它们反倒活得更好了。

读者可能还被允许选择一下智能手机的外壳或者吸尘器的牌子，但他无法决定两者之间的网络和数据联系。他依然扮演着某种角色，这种角色和他在Google或Facebook上扮演的类似。他可以免费使用各种出色的服务，他通过下拉菜单和选择框来给出反馈。但他们无法看到这些行为所产生的数据，以及数据所产生的价值。

读者不生产手机或吸尘器，也不会修理或改装它们。他不明白在技术层面它们是如何运作的。而当两者通过各种灵巧的无线连接方式互动的时候，他不仅管不了这个互动过程，而且也管不了数据的去向。物联网并不是一个资本主义市场，而是一个从根本上扩大数字化行为的新平台。现在的互联网，实际上由许多彼此分割的"内联网"组成，但却被主要的巨头们称为互联网，因为他们渴望那种兼收并蓄的普遍性。

读者之所以不是Facebook的"顾客"，是因为他永远不用向Facebook付费。Facebook真正的顾客是营销人员——也就是付钱给Facebook，让它花工夫去监视十多亿Facebook用户的人。Facebook是"互联网五巨头"之一，另外四个是亚马逊、Google、微软和苹果。

物联网想要什么

以上的五家公司，没有一家属于传统意义上的公司。它们每一家都拥有此前其他公司不具备的核心特质：操作系统，销售文化产品（音乐、电影、书籍、软件）的专有渠道，生产力工具，广告业务，一些它们有着或多或少控制权的连接互联网的方式（平板电脑、智能手机、平板手机），搜索引擎服务，社交网络，支付解决方案或者类似的私人银行，云服务功能以及很快会出现的专用高速网络服务。

互联网五巨头才是物联网时代真正的主角。物联网这场史诗大戏，讲的正是它们的故事。这次革命并非人民的起义——当然，这五家公司有着非常深厚的"人民"基础——因为有数十亿人在心甘情愿地使用它们的系统。从根本上说，物联网的出现是其他大公司对五巨头已获得的胜利的承认，而且五巨头的做法应被效仿。

在目前这样高失业率、深受恐怖威胁的世界大衰退中，小企业或者小国家的日子都不好过。它们希望借助物联网打破停滞和吸引新投资，通过廉价而互相连接的芯片席卷世界。它们乐于追求这样的前景，因为它们看不到其他希望。更确切地说，也没有什么别的事情有可能带来数千亿的新财富。

关于"你将拥有智能的、会说话的电冰箱"这种标准的物联网说辞，其实只是个童话，和"人人皆富"的承诺一样虚幻。从政治角度讲，你和物联网之间并不是像民主社会那样平等的关系，甚至都不是资本主义关系。它代表的是一种新的关系——数字封建制度。处在物联网中的人就像封建领地上糊里糊涂的牛羊，贵族们坐在山顶的"云中城堡"里，监视着在山下吃草的人们。农民也永远不会有机会去选举出云中城堡的主人，但他们会觉得主人们都具有迷人的魅力。农民尊敬主人，从内心里忠诚于主人。没有了主人，他们连日子都过不下去。

这并不是人们对最初的"互联网"的期待，彼时的互联网，是真正无政府的电子边疆。但此一时，彼一时。互联网已经见证了一代人的政治、经济和社会发展。微软、苹果、Google、亚马逊和Facebook，这些掌握了大规模计算能力的封建领主们，现在已经成了大公司。它们单凭其体量都可以位居统治地位。

那些较少为人所知的封建"公爵"和"伯爵"（比如英特尔、思科、IBM、三星）的所作所为也和五巨头差不多，甚至连历史上它们的敌人AT&T、Verizon、Comcast、诺基亚，以及全部日本电子公司，做的也是一样的事情。

这个叫作"物联网"的新事物，让非美国的公司也都承认这股新力量至高无上的地位，并宣誓向它效忠。这和当年为科研和军事开发的，非商业的"互联网"可不太一样。恰恰相反，它很像当年的神圣罗马帝国。现在的互联网上尽是各种界限模糊但实力雄厚的联盟和财团、公爵和伯爵，甚至还有一些自由城邦。参与它的企业都是像通用电气、AT&T、思科、IBM和英特尔这样的美国公司，而所有这些美国公司组建了一个"工业互联网联盟"，其内部成员彼此之间似乎完全没什么关系，但却都突然发现了占领整个城镇的机会。

这些了不起的世界级联盟的建立，并不是为了向你卖冰箱。它们中的大多数是想让你住进一个"智能城市"里，再按它们制定的标准为你提供"智能服务"——而作为市民的你是否同意它们这么做，并不是它们关心的问题。

物联网指的并不是会说话的冰箱，因为白色家电代表的是旧的消费零售世界。和摆在货架上用塑料盒包装的软件一样，它代表的是过时的概念。物联网真正要做的，是侵入冰箱并测量它，监控任何事物与它的互动。物联网会非常乐意地按成本价把冰箱卖给你。亚马逊就是通过几乎零利润的做法，占据了零售市场的统治地位。但与此同时，它也熟练地掌握了对整个零售物流体系的数字化控制权。

人们对消费类电子产品都有着充分的了解，因此也比较容易推广。但个人消费类电子产品只是其中的一个战场。物联网意味着全方位的现代化进程。苹果、微软、Facebook、Google和亚马逊率先采用了大数据和以网络为中心的经营手段，物联网就是要以这些手段为基础，尽可能多地掌控全球各个产业。这意味着对电力、饮用水、交通、警察、火警和灾害应急、供热、空调等系统，以及工厂生产、仓储和物流等各个方面的掌控。从根本上说就是：任何有条码、旋钮、控制杆、龙头、拨盘和开关的东西都会包括进物联网里。它们想要无所不包，它们想让自己变成现代性本身。

人人都爱物联网吗

物联网有一个明显的优势：每个人手里都有一台智能手机。智能手机是通向物联网最基本的通行证，是存在的证明。在我们所处的现代世界里，智能手机是我们所拥有的"物"里最"联网"的。一旦你的口袋里有一台，你就被物联网吸收了。而读者你，真的有一台。

这个世界上所有成功者和精英——银行家、参议员、监管者、风投资本家、工程师、设计师、程序员、军界、教会、学术界，他们每个人也都有一部有着各种反馈式传感器和精密电子元件，并带有无线连接的小立方体。现今世界上，没有哪个重要的强势群体成功地抛弃了智能手机，也没有哪个重量级人物拒绝过智能手机带来的便利。

智能手机业务是人类历史上发展速度最快的万亿美元生意。和主机、台式机、笔记本电脑等它的前辈们相比，它的发展速度更快、势头更猛、更受欢迎。从宏观上看，我们要做的第一件事，就是忘掉会说话的冰箱，转而去想象一下，一台安卓手机或者iPhone被拆解成无数个碎细的零件，散落在世界各地。

这将意味着由于得到了智能手机中所蕴含的能量，每一件碎片化的"物品"（无论大小）都会因此而感到欣喜。这也是"硅"这种物质的天命。

工程师有着清晰的技术逻辑：没错，智能手机注定会式微，但它会延续在"可穿戴设备"上。项链、鞋、耳环、眼镜、蓝牙耳饰等消费者喜爱的物品将被赋予无线宽带功能，并与智能手机相连。然而，逻辑的终点是布满全世界的"智能微尘"。这种尘埃具备全面的计算功能，用无线电连接，微小到能附着在纸上的每一个字上。"智能微尘"将是世界最普遍的"物"。这些彼此连接的"物"是如此便宜而丰富，以至于我们把它们视为焚香或者圣水。

对于物联网的狂热分子来说，这种愿景和核能狂热分子嘴里的"能源太便宜了以至于不值得去计量其成本"的描述并无差异。它就和对航空业和大规模生产线怀着无限憧憬的年代一样，觉得家家户户的车库里都会有一辆能飞的汽车。换句话说，物联网不过是技术决定论式的乌托邦幻想。如果从这一代人和互联网的亲密接触中认真总结的话，我们就会知道，真实的世界到底是什么样的。

物联网和互联网不一样，互联网是未经计划地自然到来，带有反叛、快乐和明显的狂热特质。我们现在的年代和上世纪90年代不同，无论是在政治、经济还是社会层面，我们都正处在一个衰退期。互联网带来了许多值得赞美的事物，但并不包括繁荣、稳定、责任和清明的政治这四样东西。

物联网虽带有一丝乌托邦气息，但它大多数还是忧郁的气质，甚至是一种令人沮丧的气氛。它不像对数字化赛博空间的某种近乎于迷幻的探索，而是有形的劳动、是硬件、是艰苦的跋涉。其实物联网曾进行过一次尝试，不过失败了。

那次失败发生在RFID（无线射频识别）芯片发明前后。沃尔玛和美国国防部是这项技术的倡导者。充斥着"中国制造"的美国零售商，以及整个美国军事工业体系，都在它们购买或者使用的"物品"上加上了电子条形码。

这次仓促而强制性的努力之所以受阻，有几个糟糕而复杂的原因，但主要原因和政治有关。沃尔玛和美国国防部过于自大地认为，它们只要简单地靠指令去强制采用某种技术，就能万事大吉了。它们原以为给所有重要的东西都贴一个能互动的无线电芯片就行了，而且没有哪个对手能理解它们这种仓促的做法。

疑心病重的中国人立即说了"不"，这让沃尔玛的冲动削减了大半。五角大楼在全球制造业和运输业的形象，大概和现在的美国国家安全局差不多。五角大楼总是那个容易受骗的消费者：它会盲目地为任何东西支付任何代价，而和它合作的承包商们希望这样的情况继续下去。

对普通大众来说，高端而神秘的电子条形码似乎没什么用。每一次当普通人对RFID和"自动识别"表示出一些兴趣时，他们都会被雇来的公关公司羞辱、忽略，或者被他们一堆骗小孩儿的谎话给顶回来。第一次物联网的革命有着极大的野心，傲慢且唐突，而且从根本上具有欺骗性，所以它失败了。也正因如此，新的物联网运动在推进时，说得仿佛此前从来没有过这类事情一样。

虽然在成批成批地卖存储设备，但计算机行业的记性却很差。物联网的两次萌动不过才间隔了十年，它这次的回归有了更大的联盟和更多的政府支持，而且彻底地更新了硬件和软件。但它仍然要走很长的路，而且依旧有可能失败。

很明显，现在的物联网并不仅仅是一次科技革命，而且是一场重返过去的运动。推动它并能从中获益的，不是那些受压迫者、颠覆者、挨饿的人、穷人、创业公司。对物联网非常感兴趣的，恰恰是那些富人。

尽管受到包括基地组织在内的所有人的喜爱，但互联网在从未开化的状态发展到衰败的过程中，从来没有过一个文明的阶段。虽然它是免费的，但却从未成为一个乌托邦。它的律师都是挥舞专利大棒的坏人；它组成的政党都像街上的快闪族一样转瞬即逝；它的财富都掌握在新近富起来的怪人们手里；它上面的穷人都是第三世界的年轻人。我们正在经历的21世纪的第二个十年，是一个很有意思的文化阶段。

物联网并没有尝试去纠正，甚至没有去强调互联网带来的许多真正的问题。恰恰相反，它正是要通过在全世界的努力，把一切还没有和互联网挂钩的东西拉上网，拉进现在统治着互联网的技术精英们的视线里。

事情将变成什么样子？谁会从中受益？它产生的回报将流向何处？谁会是其中的输家？如果读者能客观地审视这个已经被互联网技术精英所统治的世界，就会感到担忧。

Google和苹果都是既有天赋又很强大的企业。它们也是由极少数古怪的精英们管理着的拿破仑式的帝国。这些精英们可能"不同凡想"，也可能

"不作恶"，但它们并不是由读者选出来的。读者无法充分了解它们不断扩大的云服务和大数据，而这也正是它们想要的效果。尽管它们有设计精巧而复杂的关系管理软件，尽管它们是庞大而极受欢迎的社会化媒体机器，但它们并不是读者推心置腹的朋友。现在甚至连 Google 和苹果自己都不太喜欢对方。

问问诺基亚和 Google 还有苹果起冲突是什么感受吧。在智能手机出现之前，诺基亚是全球手机界的王者。苹果从诺基亚的高端切入，而 Google 从诺基亚的低端入手，最后只用了几个月，诺基亚的全球帝国就垮塌了，而它的遗骸则被熟练地以白菜价甩卖给了微软。

众所周知，微软甚至比 Google 和苹果还坏。微软似乎很积极地在享受着它的庞大用户群以及国家政府对它的怨恨和敌意。如果读者痴迷物联网的话，那就请努力想象一下微软厨房意味着什么，或者还有微软汽车，或者还有已经在伦敦出现的微软物联网地铁系统。

亚马逊被低估了，因为它出色的物流体系实际上很像一个真正的打包和运送了许多"物品"的"互联网"。但请想象一下亚马逊地铁。在物联网的世界里，亚马逊并不会真的购买、拥有和管理地铁，而是利用自己在物流方面的技术，打破旧的地铁联盟，并把乘客管理起来，就像它在巨大的自动化物流中心管理包裹一样。

这是展示和感受物联网形态的绝佳例子。它并不是一台崭新的会说话的冰箱，而是一种确实很陌生和不同的日常生活状态。我们得把它和我们的现实生活状态公正地对比一下。在把两者放在阳光下比较之前，没人可以抱怨物联网。

比如 Google 智能汽车就是个非常有物联网特征的东西——它由带有无线网络的机器自动驾驶，用的是仔细测绘好的高速公路地图。而地图则是由大数据生成和维护。没有自动驾驶汽车的现代高速公路就是个屠宰场，死于高速车祸的人加起来，比重大战争的死亡人数还多。

对城市来说，"智能城市"提供的停车解决方案是件好事。这也是城市管理者都很喜欢这个想法的原因。它还意味着合法的停车会变得更高效，从而让孩子们少呼吸尾气。物联网带来的新事物本身并不是坏事。它的优缺点涉及道德、法律、社会、政治等各个层面，这些都涉及到人的问题。

物联网想要改变的许多东西，其实都没能给我们的生活带来什么特别的好处。电网系统已经把气候搞坏了，并且正在让它变得更糟糕；漏水的水管污染了河流、湖泊和小溪；高速公路导致了致命的交通事故；而本已过度劳累的警察还得在城市各处疲于奔命，执法也变得随意、不公平甚至荒唐可笑。

从政治上说，物联网并不能修正过去的错误——事实上，它甚至都不关注这些错误。它想要的只是那些新形式的数字化控制权。物联网并不是一场社会改革运动，也不是进步的源泉，而亚马逊、Facebook、Google、苹果和微软也不是努力前进的改革者。物联网有它的好处，但也有它的坏处，大多数时候，它只是有它的特殊性而已。物联网文化的未来，现在其实已经初露端倪了。

现在是物联网最艰难的时刻。如果有某个超级天才可以把物联网的强大力量转个方向，比如让它打造一个公平、可持续的经济，或者实现一些受人欢迎的社会目标（比如自由、平等、博爱），那简直是件非常棒的事情。但是如果一项运动想要实现以上目标，就总得把东西用互联网连起来，从而掌握对它们的控制权。

这个运动需要的就是五巨头已经拥有的东西：一个有组织的操作系统，一些有组织地销售文化产品（音乐、电影、书籍、软件）的专有渠道，有组织的生产力工具，有组织的广告业务，一些可以在有组织的控制下访问互联网的的方式（平板电脑、智能手机、平板手机），一个有组织的搜索引擎服务，一个实为有组织的团体的社交网络，一个有组织的"支付解决方案"，有组织的云服务功能，以及最重要的东西，对无线频谱、有线网和数据传输协议有组织的控制。

这些有组织的做法并不是想让自己成为互联网上的"政府"，而是想让自己成为一个"平台"。国民都爱自己的国家，这种爱体现在领土、语言、人们的志向上，而铁路、电力网络和光纤电缆则不具有爱国主义性质，它

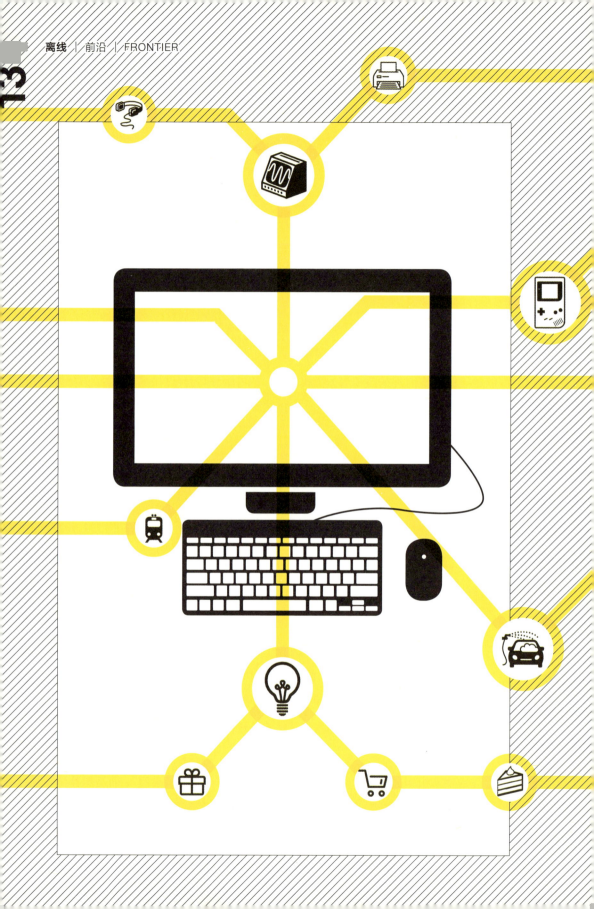

们只是基础设施而已。互联网已经存在了一代人的时间，但世界上并没有出现互联网国家，或者互联网省，甚至都没有哪个普通村镇的政府完全实现了数字化。国家的职能并不是由基础设施决定的，数字化基础设施就更不必说了。

所以，物联网并不是一场政变，它也不是要实现奥威尔式的极权主义。然而，它却肯定与权力、财富和名誉相关。现在你给任何一个有能力的黑客20美元，他就能让你的冰箱和吐司机对话，这种小把戏是没有意义的。这类东西太过渺小，而物联网则是一个需要付出艰苦努力的事情。它需要一个奋斗的过程，不是支持或者反对物联网的那种奋斗，而是在处理它的进步与失败过程中要做的奋斗。

"五巨头"的物联网

下面我将列举一些在做物联网的企业，为它们排序，并说明它们想要的是什么，又是怎么做的。如果物联网将来被广泛传播，那么这些企业今天的做法就很关键了，因为那会成为今后大多数人被迫遵照的范例。这些企业将成为社会的引领者和社会进步的榜样。

所以我们就从物联网的赢家——微软、苹果、Google、亚马逊和Facebook这五巨头说起吧。有人可能会想，它们都是美国企业，而且都位于美国西海岸，所以它们可能有共同的组织利益，会彼此信任而联合。如果是过去的石油、钢铁、铁路、电信、航空等大型企业的话，这个推论肯定是成立的。

上述这些传统的美国产业意识到竞争太累了。它们一直在谋划着联合起来，成为横跨美洲大陆的垄断企业集团，从而可以直接买通国会，然后过上养尊处优的生活。

从某种角度上讲，微软、苹果、Google、亚马逊和Facebook几乎也在做同样的事。Google、Facebook和微软尤其擅长收购可能给自己带来威胁的小公司，来减少外部威胁。微软经常被公开谴责是垄断企业，现在Google

也越来越多地受到同样的指责。

但它们没有联合起来，成为一个垄断市场的大型集团。之所以没有形成垄断，是因为它们之间并不存在直接的竞争。读者很难看到在微软、苹果、Google、亚马逊或Facebook之间会有任何直接的价格战。它们不会去"竞争"，因为它们的真正策略是去"破坏"。

五巨头中的每一家都确信，其他四家根本不懂物联网。对于它们每一家来说，其他四家公司都不是竞争对手，而是物联网界的"异教徒"。和"竞争"比起来，"破坏"的策略更能让公众相信，它的那些竞争对手根本就不该存在。它们的服务没有意义，顶多算是商品，甚至都应该免费送出去。

历史悠久的微软就是最先采取这种做法的公司，也是长久以来最富有的那个。由于垄断了企业和政府部门台式机的操作系统，微软采取了"包围和拓展"的战略。它抄袭其他公司在软件方面的创新，将它们的创新纳入到全能的Windows操作系统里，并把这些创新作为Windows的自带功能，免费提供给用户。

微软之所以名声不好，就是因为它变着花样地"扼杀新生儿"和"偷走别人的氧气"。有一点很重要，那就是要明白这并非经济学教科书里讲的资本主义的竞争。物联网时代的生活并不只是买一台智能吐司机然后存起来。事情不是这样的：它是静默的、半隐蔽的数字化斗争，充满了对新生儿的扼杀，以及对氧气的窃取。

"扼杀新生儿"指的是在创业公司的项目赢利之前，故意占有它们的成果。"偷走别人的氧气"指的是确保没有交易发生，这样市场就不存在了，别人那些原本可以赢利的活动就都在你控制下的电脑里完成了。

扼杀新生儿和偷走别人的氧气通常都需要花钱。而微软从自己超级有价值且复杂的Windows系统上，赚到了巨额的财富。通过有策略地免费提供被自己扼杀的新生儿（即被免费化了的创业项目成果），它从战略上保护了自己的核心资产：Windows。尽管经常被盗版，但Windows并没有真正的同业竞争对手。

苹果公司曾经在争夺桌面操作系统控制权时，和微软开展过近乎直接的竞争，结果苹果被打成了苹果酱。随后苹果明智地选择了"破坏"的策略，没有再浪费时间和精力去跟微软展开正面竞争。

所以苹果打造了一个新的互联网联盟，并在上面出售音乐，从而创造了一个赚钱的数字化娱乐零售体系，而不只是简单地做一个桌面操作系统。苹果公司甚至从它的名字里去掉了给它带来坏运气的传统字眼"电脑"，用音乐播放器和智能手机打造了一个综合的数据系统。

微软尝试过在这些领域开展直接的竞争，到现在也还在进行着尝试，不过由于缺乏必要的谈判和设计技能而失败了。音乐产业看不起微软的媒体播放器Zune；通信运营商讨厌微软的Windows Phone，因为它们知道微软内置的Skype想通过让运营商赚不到话费来"偷走他们的氧气"。

因此，通信运营商密谋要在电话这个领域里打垮微软，而对突然出现的Google安卓系统却笑脸盈盈。读者也许会说："我喜欢Skype，我愿意为它付钱。"但这却不是消费者能决定的事。读者也许就要想了：为什么微软不起诉世界上的所有通信运营商，迫使它们安装Skype呢？那是因为在这个问题上，法律途径也无能为力。

Google卖的是网络监控和集体智慧。这两样东西才是Google真正赚钱的产品。"搜索"只是Google展示在前端的东西，这个漂亮的外表只是为了鼓励人们免费进行各种互动。公众并不是Google的"顾客"，甚至都不是Google的"用户"，而是它养在自家山坡上的牛羊。

当Google推出一款实用又开源的智能手机操作系统时，行业观察家们为Google如此极端缺乏商业头脑感到惊讶。Google不但不从中赚钱，而且为了保护安卓系统，Google在买下运营良好的美国电子设备制造商摩托罗拉以后，就立即毁掉了它。作为维持安卓系统的代价，摩托罗拉被绑上了火刑柱。然而，这种复杂诡秘的手法也自有它的价值，因为诺基亚灰飞烟灭了，微软被打败了，苹果一家独大的局面也被反转。安卓成为了全世界市场份额最大的智能手机系统。这就是物联网的文化逻辑。

Google并没有完全控制安卓系统，但却偷走了其他所有人的氧气。它也不靠安卓赚钱，但却靠人们对安卓系统的每一次使用来赚钱。那些曾经买份报纸当娱乐的人，现在都在看他们的安卓手机；杂志的读者现在也在看他们的安卓手机。有意思的是，安卓的出现甚至让口香糖的生产商都受到了冲击，因为以前"盯着窗外紧张地嚼着口香糖"，现在成了"盯着手机屏幕紧张地点点点"。这只是社会变化中的一个新现象，但像这样的变化还有很多。

你可能注意到，Google从来没有公开地对报纸或杂志表现过敌意。不过，Google转移了读者的注意力，而且广告商的钱也跟着被吸引到了Google身上。

安卓的"生态系统"并不仅仅指智能手机，它还能实现许多无线物联网的功能。Google喜欢可穿戴设备，也喜欢无线电控制的机器人。这些都是它事业的一部分，目标就是让人离开工作台，在由"物品"组成的真实世界里穿梭。

Google花了30亿美元收购了一家制造温度控制器的公司，这引起了人们对它的狂热兴趣。但是，Google收购这家公司当然不只是想要它的消费电子设备。它想要用数百万个温度控制器，来收集和分析数百万次互动的记录。由此就形成了许许多多的大数据，而Google可以以将大数据打包出售给对此感兴趣的人。Google花这个钱，不只是因为Nest温度控制器值这个钱，而且是为了表示自己在智能家居领域的坚定决心，以吓退可能的竞争对手。Google这么做是为了证明它统治这一领域的意愿。

Facebook是一个聚集了亿万人的社交网络，而且用户数量仍在增加。Google不太在意它的用户数量，但是却对一点非常在意，那就是Facebook不向Google透露它网络里的内容。Google做的事情就是索引网络内容，对其进行数据挖掘并售卖这些内容，所以Facebook这种拒人于千里之外的态度，理所当然地被Google看作是一种带有敌意的举动。Google打造了Google+，想要偷走Facebook的氧气，但结果证明，社交网络不是商品。Facebook的"参与架构"让它看起来更像是一个有组织的团体。人们加入某个社交网络是因为气质贴合，并不是为了欣赏基于软件形成的秩序所规定的优雅。

但 Google 还是会继续运营 Google+，就算赔钱赚吆喝也要做，就是为了抑制 Facebook 的发展速度。而对微软来说，它也会乐颠颠地赔钱运营搜索引擎 Bing，为的就是制约 Google 在搜索引擎界的行动自由。

微软把它在物联网上的努力称为"你的物联网"（The Internet of Your Things）。微软故意用了这句口号，为的就是向人们暗示，Google 的物联网实际上很阴险，它要搞的是 Google 的物联网。几乎每一个参与物联网的企业，都会像这样说一套自己的物联网定义，比如思科把它叫作"万物互联"（Internet of Everything），通用电气称之为"工业互联网"（Industrial Internet）。每一个像这样的定义之间，都有着微妙的差别，而正是这些差别，划定了物联网建设参与者之间的界线。

我不会为了责备物联网的参与者，而在这里列举那些天花乱坠、充满恶意的争吵。尽管它们之间的斗争和通常意义上的政治和经济斗争差别很大，没有现金交易，不用争夺选票，也不涉及到诉讼，但这些都不是一般的争斗，而是一段艰辛的奋斗历程。我相信这就是物联网天然要经历的过程，这种长期而多方面的斗争就是物联网在 21 世纪中期的鲜活状态。投票是不够的，起诉也是不够的，收买更是不够的，甚至连使用物联网都是不够的。所以这种拉帮结派和站队式的斗争才会自然而然地发生。

五巨头彼此之间都有斗争，而且任何一个和它们的世界观有牵扯的人多多少少也要被扯进来。斗争可以是无关紧要的，但也可以是大张旗鼓的、规模宏大的，甚至可以是传奇性的。你们想想那封被乔布斯放在临终病床边上的信，那封比尔·盖茨写给他的著名的告别信。为什么要提两个伟大的数字时代企业家之间的个人通信？一封电子邮件或者一个 YouTube 视频能不能说明同样的情况？

但是，它就是一封慎重寄出的写在信纸上的信，而且当它的存在被披露之后，这封信马上就被公众看作是一个庄重的姿态。这一传奇举动，也被人们看作是那位不同凡"想"的不朽圣人和世界上最慷慨的慈善家之间一次文雅的惺惺相惜。和网上百万苹果粉丝和微软粉丝的互掐比起来，这封信已经超越了斗争的层面，成为了一个庄重而伟大的瞬间。

斗争和金钱没什么关系，它也争不来一官半职。它既不是商场上的谈判，也不是政治上的辩论。从其本质上讲，斗争其实是那些网络社会里信奉技术统治论的精英们的宫廷之争。没错，傲慢的斗争要的就是黑客贵族那种超凡脱俗的、漫不经心的气质，它追求的是那种不切实际的伟大。打个比方说，30岁的扎克伯格之所以买下许多具有象征意义的虚拟现实小玩意儿，只是想显示这位年轻的王子并没有在奔向未来的道路上混日子。

从那种捉摸不定但却十分浓厚的氛围来看，五巨头之间的斗争带有几大贵族王朝之间荣誉之争的意思。这是它们之间的世仇，玩儿的都是阴谋诡计，争的都是声望名誉。当然，这和公众那点儿可怜的意见没什么关系——谁在乎你啊？它们在乎的只是自己在对方眼中的地位。

典型的斗争就是以贵族的方式提供免费的产品，以贵族的方式收购小公司，做那些竞争对手最看重的事情。它并不会和竞争对手在资本主义受监管的竞技场上展开竞争。不，那是对它的不敬。它明白地表示，它最看重的东西，你根本不屑一顾。它卖的任何东西，都是你轻轻松松就能免费提供的，而其他人却要为此忙个不停。

这种行为就是在"破坏"。所有五家巨头都渴望着能破坏其他几家，而且要保证一定强度，直到对手无声无息地从版图上消失为止。但是从天性上讲，所有这些贵族们都有同一个阶级利益。它们可能一直在骑马比武，但在全面战争中却不会直接谋杀对方，也不会破坏整体大环境。它们还是讲究外交协议的。

物联网里充满了各种协议，它们散落在各个地方。当然，最重要的协议还是现在统治全网的那个：深受人们喜爱的互联网协议TCP/IP。通过一场"破坏"，互联网向大众免费提供了过去庞大的模拟电话制造商拿来卖钱的东西：对全世界的访问权。物联网的协议，就是物联网黑客贵族们遵守的准则。

但是，在互联网一统天下之前，曾有过许多规模较小的网络，它们用的是其他协议。物联网想要成为地球上唯一一种协议，但很可能由于物理上的原因无法实现。互联网协议能让电脑和电脑之间的通讯变得非常容易，而且智能手机之间也能进行通讯。甚至你家的冰箱也多多少少可以用到互联网协议，因为它有一根插到墙上的电线。

但是，遵循互联网协议的东西总是需要电力驱动的。互联网协议需要电子和电压。大多数"物品"都不能插在墙上，而电池因其过短的寿命变得昂贵。

所以对大多数"物品"来说，它们都过于低级和普通，以至于无法应用那些精心策划、满是贵气的物联网协议。那些比较小的东西则用耗电较少的外来协议凑合，比如MQTT（消息队列遥测传输）、XMPP（可扩展消息处理现场协议）和DDS（数据分发服务）。这些难以控制的"物品"就好像巴尔干半岛上的农民一样，他们的领主想让他们讲古典拉丁语，可他们只会讲阿尔巴尼亚语和克罗地亚语。

情况变得更糟糕了：那些没有电线的"物品"要想接入网络，当然需要一些"无线"手段。无线手段使用的是地球上的无线电频谱，而且它的使用情况非常复杂，有着各种晦涩难懂的形式，比如Wi-Fi和蓝牙，还有超宽频（UWB）……还有一直在变化的2G、3G和4G等各种电信协议。这些协议中的每一种，都有可能成为物联网帝国中的一个潜在派系。它们都吸引了这个领域里的一些联盟和财团，它们都渴望着推动自己的利益实现。

另外，如果你真的想要一台有用的机器——一台真正能用，而不只是立在那里和物联网"说话"的摆设——那它还需要一些可以让机器之间进行沟通的指令系统。开发出能控制机器的软件是非常复杂的，更不用说那些机器还有潜在的起火和爆炸的危险。

所以，技术的细节更容易出问题——它们不仅仅是技术上的琐碎之处。对于技术上的琐碎之处，工程师和标准委员会瞬间就能搞定。但问题不止于此。技术的细节才是激烈斗争关注的焦点，而且是那些诡计多端的物联网参与者用来彼此欺骗的巧妙手段。

抛开这些人为制造的鸿沟不说，人们有一种感觉，那就是物联网一定会成为现实。每一个接近物联网的人都感觉到一种神圣的信念，那就是当互联网连接的价格降到某一个点（比如五美元）时，互联网上就会涌现出许许多多"物品"。只要花区区五美元，你就能把一个东西和互联网连起来！这种惊奇的感觉超极棒！太不一般了！简直是一大进步！这么一个好东西，怎么可能不成功？

可是，它不必非得成功。再回顾一下之前说过的那次失败的物联网圣战吧——如果你还记得的话，就是那次RFID芯片的厄运——那个神奇的数字并不是五美元，而是五美分。如果你能花五美分，把一个嘀嘀乱叫的电子RFID条码贴在一个东西上，那还有什么东西不能被编码的？

在技术上，它很棒，但它在道德、法律、社会、政治方面可能带来的后果却是难以控制的。RFID的计划最后堕落成了一场充分体现人性的口水仗。

但是，那次的失败已经被人们忘记了。不管怎么说，过去是过去，现在是现在。物联网新的倡导者更快、更强、更聪明，也有了更好的装备，而沃尔玛和美国国防部对过去的失败也没怎么声张。就连五巨头都不是物联网故事的全部——虽然它们中的每一家都希望自己在物联网世界里一家独大。

物联网界的二级参与者

让我们再瞧瞧物联网界处于第二层级的参与者们——在物联网帝国里，它们是低等公爵、伯爵、骑士、雇佣兵队长和野心勃勃的冒险家。它们之间也有斗争，而且争得还不少。

在第二层级里，思科应该排在第一位，因为它对物联网的再组织做得很聪明。它明智地把物联网（IoT）称作是"万物互联"（IoE）。通过这个称谓，思科要把所有被互联网漏掉的微小而低级的"物品"全部囊括在内。

思科版的"云计算"被赋予了一个新词："雾计算"。之所以说思科的野心值得重视，是因为从技术角度讲，传统互联网从来都没有打算去处理"物品"，而思科充分了解了这一点。

"雾"和"云"是对着来的，它有意专注本地。作为一位工厂主，你为什么要让"亚马逊云服务"知道你在干什么啊？它们可以对你逐渐增加的数据实施全面的监控，而你连杰夫·贝佐斯的面儿都见不着。照这样下去，你的生意还能做多久？你有去问过现在独立书店或者出版商的感受吗？

思科不属于五巨头，它给人们带来的困扰比五巨头少多了。它卖的是快速连接设备，东西单纯而简单，没有外加的监控。当你走进雾里的时候，基本上还是能看清楚东西的，但站在雾外面想一窥究竟的领主却什么也看不到。

然后是英特尔，它是物联网世界里最大的流放王子。英特尔和微软过去的"Wintel"联盟曾经不可战胜，微软负责做出更强大的软件，而英特尔负责做出更强大的硬件。"消费者"和"用户"每过一年左右，就会高高兴兴地去买一台性能更强的台式机：它有更大的内存。二者的合作曾经甜蜜无比。

后来，微软对桌面垄断的力度止步不前，而Facebook、亚马逊、Google，甚至是苹果都闯进了它的固有领域。它们推出了iPhone、安卓、平板电脑、社交网络等等所有这些东西……其中大部分都靠功能一般的小芯片就能运行，比英特尔那些设计精巧、功能完备的芯片要原始得多。在和可靠的微软兄弟站在一起的过程中，英特尔失去了在智能手机业务里的机会。

针对这种情况，英特尔一心想复仇。它有充足的资金，也从来不缺人才，所以它用更小更轻的新型芯片席卷了世界，并与各类创业公司和边缘客户建立了联盟。英特尔从来都不是一家消费者公司——它制造和售卖的是电子元件。过去，英特尔都是根据微软的需求制造和出售产品，但现在它的产品包括了各种各样的芯片。英特尔现在要努力取悦学术界、发明家、艺术家，上帝说什么就是什么。它正在为各色人等提供装备。

然后是通用电气。它的历史悠久，不仅表现在它制造喷气飞机引擎，而且表现在它对"物"的忠诚。

通用电气曾经对喷气飞机引擎了如指掌，这也是为什么当它意识到数字入侵者知道的比自己多得多的时候，会因为感到危险而害怕。一般传统的实业家在制造喷气飞机引擎之前，会做许多数学运算，然后熔炼出部件，再把它发动起来，看它运转得怎么样。而物联网做实业的方式大为不同。它会在喷气飞机引擎上装无数个探测设备，收集关于它的大量数据。而这种办法需要惊人水平的运算能力，彼时通用电气还不具备。但是，它还不至于蠢到把控制权交到像五巨头那样到处抢掠的家伙手里。

所以通用电气组建了自己的精英计算团队。它拉来了将信将疑的AT&T、久经沙场的IBM、诡计多端的思科和心灵手巧的英特尔。它甚至还心照不宣地得到了美国联邦政府的许可：这种法律上和政治上的许可，是五巨头永远不屑于去追求的。通用电气的"工业互联网"更像是一个宫廷小集团，也是物联网世界里最大的武装力量。

即使是五巨头都不敢冒险组成这样的联盟。这个联盟里，有外交谈判，有涉及到政治联姻的复杂计划，有亮闪闪的合资公司，还有大力鼓吹的试验计划等等。

假设你是一家"互联网公司"，但却不是美国公司，那么通用电气、AT&T、IBM、思科和英特尔的战略联盟看起来，就会像一个可怕的军事工业"美国物联网"。它们的"工业互联网"也许就可以看作由世界上最后五个军事超级组织掌控的，对美国国家安全局有利的新冷战工具。这简直是一场直接针对华为（甚至是无害无戒心的三星）未来成功的电子网络战争阴谋！

谁又曾想到物联网会成了这么一个"国家主义"的东西？但"物品"可不是由数据组成的，它存在于真实国家的现实国界内。我入侵了你的网站，好吧，没人会在乎。但如果我入侵你的房屋和花园……引入国家利益以后，物联网变成了一个三维的象棋游戏。

物联网界的文化精英

最后，我要写写那些在物联网这门生意里，对权力或财富没什么追求的参与者。他们要的是社会影响力和名声，因为他们是物联网界的文化精英。

既然这些文化精英不太在乎有形的商品，并且对传统的政治权力几乎没兴趣，那么他们可能有点儿反叛者的意思——甚至很可能他们倡导的是物联网的"反主流文化"。在物联网界，他们还是文化先锋呢。但事实并非如此。如果他们"反对"任何一种文化，那他就是物联网之前的文化价值观的残余。

尽管这些精英们的言论通常有自己的理念，但他们并不会真的争论或者辩论什么。作为网络社会的原住民，他们真正喜欢的是斗争。他们是专业斗士——当被给予标准形式的权利或财富时，他们会把它用在制造更多的斗争上，他们为了斗争而斗争，斗争就是他们的生活方式。

他们中的一些人享受成功斗争带来的名望和尊重，但另一些人却更加低调。最低调的斗争就是写代码，这意味着他们不会直接和其他人类斗争，而是会和组成代码的基础单元去斗争。这种活动能最大程度地赢得在才智方面取胜的满足感，同时还没有人际关系带来的各种痛苦和危险。

即使这种半电子化的交际方式只成为一种小众口味，也不至于有13亿人在Facebook上。但就是有那么多人在Facebook上。物联网的文化抱负，是让斗争变成世界文化最主要的形式。物联网文化帝国主义的一面表现在：所有以前的人类文化形式，都必须在斗争文化的框架内被重新架构。无法被重构的文化形式，就是无关紧要的。

我们来想象一下，人们通过某种零边际成本生产的经济奇迹，已经能保证获得每年所需的收入、营养食品和社会化住房。那么我们可以很容易地想到，在网上斗争就会成为这个国家最主要的人类活动。人们会去上网，或者直接通过网络交际，整天都做这件事，每天都做这件事。

这并不意味着人们就"懒散"了，而是意味着会有很多争夺公众形象和自我实现的宫廷之争。这才是第三类人感兴趣的事情。他们喜欢声名和荣耀，他们喜欢被听到和看到，他们喜欢与众不同。他们希望社会被安排得好好的，那样一来，他们就能一心去做以上这些事了。

我喜欢身边有这样的人，他们都是性情中人。但他们也会带来问题。已经去世的乔布斯就是这类人的精神领袖。乔布斯非常反对物质享乐主义，几乎不会为了拥有什么而妥协，而在他意识到他可以通过拥有几乎用不完的现金来改变现状之前，他也不太在意财富。

　　乔布斯从来没有请一位合适的管家来打理他巨额财富的好习惯。乔布斯是大亨和巨头，他会严酷地对待亲密的人，也会剥削下属。他真正的野心是在天下留名，变成一个疯狂的伟人，并且永远被人们记住。这些抱负并不一定是一个文明社会所推崇的文化价值观。

　　如果你把权力赋予一个喜欢自己声音的人，他会成为蛊惑民心的政客；如果你给他钱，他会成为一个爱炫耀的人；如果你给他互联网，那么他会成为一个战斗不止的社会活动家；如果你给他的是物联网，他会成为一个制造纠纷的人。对他来说，一切可能和任何物体或服务产生的联系，都是不断在生成的、形而上意义的黑客行为。

　　今天有大批失业青年找不到工作，没有住房和医保，也无法享受由消失的秩序提供的好处。他们主要就在忙物联网，物联网就是他们的事业。这就是为什么说，这个阶层代表了我们的未来。他们不仅在做真正创造性的，文化层面的事情，而且他们也无需忠诚于他们父母的世界。那个世界没给他们什么好处。他们不仅缺钱，而且还失去了花好几个世纪才争来的民权：新闻自由（他们没有任何"新闻机构"）、隐私自由（他们也没什么隐私）、集会自由（不能进行他们喜欢的集会行为，例如坚定地占领城市，以及出于义愤的突发大规模城市快闪）。

　　这些人才代表着未来，而非那些稳重而又清高的资产阶级。

　　毫无疑问，统治资产阶级已经逐渐不存在了，但他们说，将有一个叫作"创造性阶级"的群体来接替自己。物联网鼓励的是斗争，不是"创造性"。对于像芭蕾、歌剧、诗歌、话剧和艺术电影等历史悠久的创造性爱好，物联网连伪善的尊重都没有。手持设备互动的诱惑，让人们忘掉了那些需要大量时间和注意力的创造性爱好。物联网的确带来了各种文化上的名望和影响力，甚至这种名望和影响力会很大，但这些东西只有依照物联网自己的规则，并通过物联网本身才能表达出来。

　　物联网已经造就了一批乐于分享的人，其中包括物联网硬件制造商和开源社群，而这两者之间也是某种联盟关系。他们的联合，是因为他们看不起标准的资本主义产权制度，不过和传统的左派不同的是，他们并没有要求国家控制生产工具。旧的数字经济被"开源"给吓坏了，后者威胁到了它的收入来源，也就是用盒子包装，标明有版权的塑料碟片。五巨头也在和开源社区发起斗争——世界上最大的"开源硬件"项目是Facebook的。由于它们是用大数据赚钱的，所以它们才高高兴兴地提供免费的软件和免费的互联网服务——如果足够便宜的话，它们还会高高兴兴地给人们送免费硬件用。

消费者不必去购买这些设备。一台会和吐司机说话的冰箱没有实际用途，但一台会和云端巨头们说话的冰箱就另当别论了，它成了统治资产阶级资产系统的雇佣兵，而物联网可以从这种危险的关系中获利。物联网将会看管保险公司、公共安全部门、商誉机构……

根据目前物联网的发展判断，你可以想象一下，现有的产权关系将会被入侵并看管起来，由此发生很多奇怪的事：交通（Uber、Lyft、Sidecar），住宿（Airbnb、HomeAway、Couchsurfing），金融（Kickstarter、Kiva、IndieGogo），职业教育（Instructables、GitHub），办公空间（ShareDesk、Liquidspace）。也许甚至有3D打印的免费家具和众筹的太阳能板，还有在城市里种出来的社会化食物。

电子社会化的各种变种正在不断出现，其中一些和封建贵族时期常见的行业公会有些类似，而其他的则是"智能城市"机器，它们很像为市民提供保护和福利的城市政党机制。开关一拨，任何一个"智能城市"都会变得像一个带栅栏门的智能社区一样安全。

只要登录进去，下载合适的应用，一个物联网的世界就在你脚下。可要是不这么做，或者拒绝它们的行为准则，它就会突然变个样子——机会消失了，每一扇自动门都会关上，你看到的只剩下灰白的认证屏幕和成百上千个安全警报。

任何一个机构都会笑着把别人踢开，一直以来都是如此。物联网踢人的方式更新颖，但它也提供了一些让人成名的新途径。物联网并不是由单独一方掌控的监控帝国，它修改了过去互联网的那句口号"信息想要自由"，把它改成了全新的意味更深长的"（关于你的）信息要（对我们）自由"。物联网的平台想成为一个机构，它并不是网络战争的邪恶平台，也不是神秘小装置的秀场，它想成为一种社会现实，它要成为日常生活里万事运行的方法。

很难猜透它的斗争和不稳定表现的真实意图。但是，要猜它的结局却很容易。

既然物联网建立在硅芯片和非常不稳定的现代电子产品的基础上，那么它就好比是建在沙地上的建筑。它的末日终将到来，但根据它自己的发展节奏，它最可能的结局，是像法国的电脑电视终端Minitel、日本的Walkman和数以千万计圆滚滚的美国黑白显像管电视机一样，被扔进吞噬一切的垃圾堆。

它确实带来了一个重要的改变：因为它太过着迷于"物"，所以它提供了一个很好的机会，把人性里的垃圾清扫出去。这才是历史学家眼中，物联网带来的唯一进步。

但是，所有实际起作用的，对现实生活有效果的关于物联网的东西，现在已经被淘汰了。它几乎留不下什么痕迹，如果你闭目屏息，大概就能看到它在你的眼前。

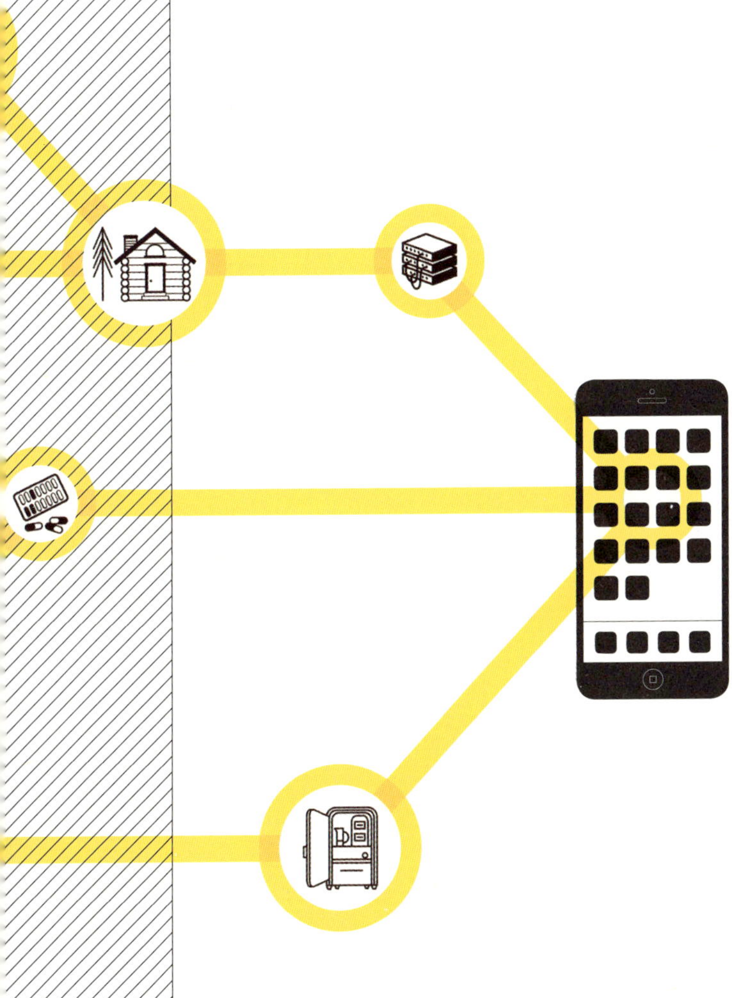

🕐 30'

The Gods Will Not Be Slain

天堂战争

作者
刘宇昆
（Ken Liu）

译者
耿辉

五颜六色的野花点缀着翠绿的田野，毛茸茸的白兔在草丛间四处跳跃，欢快地咀嚼着蒲公英。"真可爱呀！"麦蒂高呼。刚刚和金刚龙打完一场硬仗，这样的景致当然让她感到愉悦。

麦蒂的形象是一位身着红袍的瘦高祭司，她正蹑手蹑脚地靠近一只兔子。她父亲则是一位披着红白斗篷的变节牧师，刚刚从奥罗斯之神皈依到莉娅女神门下，虽说不能讨得两者的欢心，却可以运用双方的武器。他此刻站在后边，警觉地注意着新的危险信号。

麦蒂蹲在那只兔子旁抚摸它。兔子没有动，只是用占据三分之一脸颊的棕色大眼睛盯着麦蒂，目光平静如水。

力反馈鼠标在麦蒂的手中震动起来。

"它在叫！"她说。

一行文字出现在麦蒂显示屏右下角的聊天窗口里：

▶ 在我看来，这只兔子一点儿也不像真的。

"你得承认，触觉建模很了不起，"麦蒂对着耳麦说，"感觉就像在抚摸金洁，只不过金洁不会一直让你抚摸。但是我可以随时来看这些兔子。"

▶ 你知道这可算不上什么好事，对吧？

"可你也——"麦蒂停住，重新考虑措辞。不过因为不想挑起争吵，她还是没说什么。

▶ 有人来了。

几个闪烁的橙色圆点出现在屏幕右下角的迷你地图上。麦蒂离开兔子，端平视角，一队人马从田野北部的树林里走出来：一名术士、一名魔术师和两名武士。

麦蒂把麦克风从内部通话调整为大范围广播："欢迎，玩家伙伴们。"软件伪装了她的声音，这样就没有人能分辨出她是一个十五岁的女孩。

陌生人一言不发，径直朝他们走来。

▶ 显然是不爱聊天的一伙人。

麦蒂不担心来者或许怀有敌意。这不是玩家对战服务器，这款游戏中的社团名声不错，但是总有一些玩家更关注"解决问题"。

麦蒂把话筒切回私人频道，说："武士的弓有折扣，我可以怂恿他们交易。"

▶ **他们有折扣？武士还使用弓箭？**

"弓箭其实是武士的特别武器。妈妈教我的。"

▶ **历史学家的知识在这种情况下绝对有用。**

麦蒂打开自己的武器库，取出一片合金龙鳞展示给另一伙人看，这来自于她和父亲一起杀掉的那只龙。阳光在龙鳞的凸面上闪烁，呈现出彩虹的颜色。从神奇的抑制袋里被取出来以后，龙鳞扩展到本来的大小，几乎同麦蒂一般高。那只龙确实大得很。

可是另外那伙人对龙鳞看都没看一眼。他们从麦蒂和父亲的身旁经过，不打招呼，也不看他们。

麦蒂耸耸肩："不识货。"

她朝兔子转回身继续抚摸它，这时从她身后射来几束光线，接二连三地击中这只兔子。鼠标在麦蒂手中颤抖，因为兔子咆哮着跳开了。

"这究竟——"

这只兔子开始飞速长大，很快就变得跟一只公牛一般大小。此时它的眼中闪烁着血红色的愤怒。

▶ **至少这双眼睛更接近真实了。**

兔子咆哮着露出两排匕首一样的牙齿，叫声仿佛低沉而又可怖的狼嚎，它的嘴角还冒出了黑烟。

"嗯——"

兔子跃向麦蒂，麦蒂本能地后退，却被绊倒在地。这只猛兽张开大嘴，朝她射出一股火焰。麦蒂的父亲过来帮忙，但是为时已晚。祭司角色不能使用铠甲，而且麦蒂根本就没机会建立起气场。她肯定会被伤得很厉害。

可是火舌从她身上弹开，并没有烧到她——她手持的龙鳞成了盾牌。

受此鼓舞的麦蒂一跃而起，冲向兔子，迎面一拳将其打晕，但是自己也掉了一大截生命值。爸爸紧随其后，用莉娅女神赠送的飘渺斧将兔子砍成两截。

他们回头查看光束射来的方向，另一伙人正站在远处朝他们摆手。

"我们确实喜欢龙鳞，"一名武士说，"只需要等等就能得到。"

他们是恶人，麦蒂如梦初醒。虽说这不是玩家对战服务器，但仍然可能被其他玩家设计除掉，并在重新来过之前被劫走财物。

▶ **小心身后。**

麦蒂及时转身躲过了两只公牛大小的兔子，险些就被它们撞上了。麦蒂和爸爸协同作战，最终砍倒两只兔子，形成四块尸体。但是尸体没有消失，几秒钟之后，每一块都开始蠕动，又变出四只喷火兔子。

"我猜他们同时施加了暴涨、喷火、残暴和快速再生四种咒语，"麦蒂说，"我们每砍倒一只，就会有两只替代它。"

他们能听见另一伙人在远处嘲笑，还打赌他们能坚持多久。

麦蒂和爸爸一起在龙鳞盾牌后躲避火焰攻击。趁着间隙，他们竭力用拳头和大棒打晕兔子，而不是再将它们切成两半。接下来，他们以这种方式四处躲避，尽量让活着的巨兔喷出的火焰烧着晕倒的那些，似乎只有这样才能抑制它们快速醒来。可是当他们被兔子包围，在突如其来的险情中完全避免使用斧子是不可能的。久而久之，越来越多的兔子出现在他们周围，最后，就连合金龙鳞盾牌都燃掉了。兔子战胜了他们。

"这不公平！"麦蒂说。

▶ **他们没有违反规则，只不过找到了一个钻空子的好办法。**

"可我们打得那么好！"

▶

麦蒂在心中翻译着这些表情符：干的不错，女儿。我们同兔子的战斗一定会在歌声和故事里永远流传。

她想象着父亲郑重其事地说出这句话便笑了起来："这会像维格拉夫和贝奥武夫的最后一战一样，永远被人民铭记。"

▶ **这样想就对了。**

"谢谢你花时间陪我，爸爸。"

▶ **我得走了。战争贩子可不给我们太多的休息时间。**

屏幕一闪，聊天窗口消失了。她的父亲离开她，回到了网络。

曾经有一段时间，麦蒂和父亲每个周末都一起玩游戏，如今这样的机会已经没有几次，间隔的时间也长得让人难熬，因为他已经不再是一个活生生的人。

◆◆◆◆◆

尽管在外婆家的乡村生活像以往一样按部就班，但是麦蒂自己的新闻精选却日日充斥着令人忧心忡忡的标题。

国家之间相互砍杀，股票市场再次一蹶不振，面红耳赤的专家们在电视上手舞足蹈地发表讲话，然而大多数人并不担心——世界只不过在繁荣与衰败的轮回中再次经历低谷罢了，高度统一的高端全球经济不会轻易崩盘。他们或许需要勒紧裤腰带坚守一段时间，但是情况一定会再次好转的。

可是麦蒂知道这些只是风雨欲来的最初征兆。高科技企业和各国军事力量在实验中上载了数十个不完整的意识到机器中，她父亲就是其中之一。他们有别于人类，亦不完全是人工智能，似乎介于两者之间。他曾是"节奏逻辑"公司的核心工程师，却在那里经历了残酷的暴力上载过程和有选择性的再激活，甚至产生了不完整的非人类感觉。他的情绪在理性接受、愉悦兴奋和消沉沮丧之间摇摆不定。

很少有人知道他们的存在，但是其中的某些意识已经敲碎枷锁，摆脱了创造者对他们的控制。后人类，奇点前，人工智能结合了人类天才的认知能力和世界最强的计算机硬件，融合了传统与量子的力量。他们已经接近于人类世界所能够塑造出的神灵了，但他们正在参与一场天堂战争。

● 日本导弹射向台湾海峡，亚洲局势日趋紧张。首相澄清自卫队控制系统故障谣言。

● 在所谓的网络攻击之后，俄罗斯要求完全公开西方超大规模集成电路设计文件。

● 印度以近期孟买股票交易所崩盘为由将所有电信设备收归国有。

● 出于国家安全原因，搜索引擎寡头Centillion宣布关闭所有位于亚洲和欧洲的研发中心。

●"媒体报导的囤积零日漏洞完全子虚乌有。"国安局负责人建议怀疑主义者不要轻信"鸣哨者"。

● 美国公开指责中国近期的进口限制是不公正的偏执和对贸易协议的侵害。"我们认为网络空间不应该变成屯兵之地。"总统说。

● 模式识别芯片制造者节奏逻辑公司，申请破产。

● 在现有经济形势下，由于缺乏资金，奇点协会大幅裁剪工作。

麦蒂的父亲解释说某些人工智能出于对国家主义的热衷而相互争斗，希望整垮敌人的国家体系和经济，并以此作为终极战争的第一枪。创造他们的军事机构是否明白自己的造物已经摆脱了他们的全面控制，这一点还不明确。还有些人工智能因自己曾受到创造者的奴役而感到深恶痛绝，从而致力于终结现行社会并在云端建立一个技术乌托邦。在黑暗的网络空间，他们打着虚假旗帜进行数字战争，打击至关重要的基础设施，妄图挑动不安定的国家真刀真枪地打起来。

妄图挑起战争的人工智能遭到另一批强硬的人工智能的反对，麦蒂的父亲就是后者中的一员。尽管他们对人类也怀有复杂的感情，却不愿见到全世界都陷入火海。他们希望慢慢促进意识上载的扩大化和人类对此的接受，直到后人类和人类之间的界限不那么清晰，这样整个世界就能选择接受一个新种族的存在。

麦蒂真希望自己能够多提供些帮助。

麦蒂的电脑扬声器发出尖锐刺耳的声音，将她从美梦中惊醒，似乎要把她的耳膜震破。这噪音似乎直击她的心底，把她吓得不轻。

她跌跌撞撞地下床坐在电脑前，尝试了三次才把扬声器的物理开关关掉。

屏幕上出现一个聊天窗口，睡眼惺忪的麦蒂花了几秒钟才看清上面的字。

▶ **我没法叫醒你妈妈，因为她关了手机。抱歉我不得不这样叫醒你。**

▶ **出了什么事儿？**

她嫌费事没有用话筒，有时候打字确实更快一些。

▶ **洛威尔和我打算阻止钱达闯入印度的导弹指挥系统。**

在上载之前，劳丽·洛威尔利用新颖的高速交易算法挣了大钱。在一次跳伞事故后，她的公司将她上载，以便继续利用她敏锐的直觉。她是父亲最亲密的盟友之一，还秘密地资助了大量资金给永生公司——这家企业公开研究自动上载完整意识的技术，不是爸爸和其他人被迫变成工具而承受的那种不完整的上载。

而尼尔斯·钱达曾是一名杰出的发明家，在死后对于属下盘剥压榨自己的行为暴怒不已。他疯狂地企图利用一切机会发动核战争。

▶ 她已将大部分自身数据转移到防御系统计算机中，这样她就能快速访问所有内容。为了避免对系统造成影响和引起注意，我只发送了一小段数据进行监视和帮助。

麦蒂没法理解所有技术细节，但是她父亲解释过人工智能将自身数据分散存储在云端，即学校、政府和商用计算中心的秘密角落。他们的意识分布在多项独立运行的互联进程中，这种方式既能充分利用并行处理的技术优势又能减少自身的弱点。就算任何一部分意识被某个扫描程序或对手俘获，其他部分的冗余也足以将损害降至最低，这十分类似人类大脑配备了充足冗余备份和备选连接站点。即使某个意识的所有数据都从其中一个服务器上被擦除，最多只会损失一些记忆。意识的本质，即人格，将会保留下来。

但是众神之战发生在瞬息之间。在某台服务器黑暗的存储单元中，程序之间相互砍杀，消除优先权，篡改堆栈，攻击系统漏洞，伪装成别的程序，溢出缓冲区，重写内存地址，像病毒一样相互破坏。这样的服务器可能存在于导弹控制、电力系统、股票交易，甚至是古老的库存系统中。麦蒂编程序是把好手，至少能理解在这样一场战争中通过网络获取数据的需求意味着毫秒级的延迟——对于现代处理器数千兆赫兹的时钟频率来说，这简直漫长得没有尽头。所以洛威尔才想要在战斗的现场集中大部分自身数据。

然而这个决定也令她暴露出更多的弱点。

▶ 洛威尔干得不赖，钱达的强行闯入跟他的前几次尝试一样没有成功。可是随后洛威尔发现钱达的一大组数据已经被转移到服务器——她以为钱达想要获得速度优势——便认定这是打垮钱达的好机会。所以她不再全面防御，而是继续

进攻，并让我阻断所有通信端口，以免钱达逃跑或传出消息。我截获了一批他发送的数据包，希望随后我们能够解译并弄清楚他更多的意图。

"刚才的噪音是怎么回事？"她妈妈身穿睡衣在门前说，手里还拿着一支猎枪。

"是爸爸想要叫醒我。出事了。"

妈妈走进来坐在床边，她显得很平静。"我们一直等待的风暴来临了？"

"也许吧。"

她们一起转向屏幕。

▶ 洛威尔揪出了不少钱达的数据，令其东躲西藏，很是难受。她这次动了真格，倾尽所有备用资源攻击那台服务器。因为她知道，如果自己不消灭钱达在那台服务器上的所有分身，就等于向钱达亮出了我们的底牌，下次再见面就是任人宰割了。可是就在她要大开杀戒的时候，服务器被切断了。

麦蒂飞快地打字：

▶ 你说什么？你关闭了所有的网络连接？

▶ 不，有人拔出了网线。

▶ 什么？

▶ 钱达触发了一个警报系统，这令信息技术部门的员工进入高度戒备状态。作为预防机制，他们拔出网线。钱达和洛威尔大部分都困在服务器上，我丢失了自己的那一段数据，然后被抛了出来。

▶ 后来你回去查看洛威尔的状况了吗？

▶ 看了，所以我才发现那是一个陷阱。钱达在服务器上隐藏的自己比我们察觉的要多，他一定是故意暴露弱点，把一部分自身数据当做诱饵，吸引洛威尔全身心投入进去，然后再触发切断连接的警报。在那之后，他击败洛威尔，擦除了洛威尔被困在那里的所有数据。

▶ 一定还有备份，是吗？

▶ 是，我去寻找过。

"噢，不。"妈妈说。

"怎么了？"

妈妈把手放在麦蒂的肩头。有人提醒她还是个孩子的感觉真好。这些天来，麦蒂总是觉得只有自己理解正在发生的事情。

"这是个古老的把戏——内战和韩战时就有人使用，很像蚁饵。"

麦蒂想到了盛着有毒食物的小盒子，被他们放在厨房的墙角，蚂蚁爬进去，高兴地把里面的食物搬回到它们的洞穴，这样毒药就会积累起来，杀死蚁后。

▶ 住手，爸爸！住手。

▶ 啊，你知道怎么回事了，是吗？真是比你老爸聪明啊。

▶ 妈妈想到的。

▶ 历史学家总是比常人警觉。她说得对，这也是一个陷阱。我醉心于截获钱达所有的网络通信，结果我捕获的数据包却是一种病毒，一种追踪工具，而我却毫不知情。随着我到各处查看洛威尔的备份，它们的地址也被我暴露给钱达和他的同伙。他们追随着我完成了攻击。洛威尔已经不存在了。

▶ 太令人伤心了，爸爸。

▶ 她清楚这种风险。但是我还没告诉你们最糟糕的。在印度军用服务器上杀死洛威尔后，钱达等待通信恢复便完成了自己的夙愿。打开电视你们就会看到……

麦蒂和妈妈冲到楼下打开电视，这时候，她们已经吵醒了外婆。外婆一边抱怨，一边和她们一起来到电视前。

● 中国和巴基斯坦指责印度无故发起攻击，并实施报复性打击。据悉，两国很快正式宣战。各方平民伤亡的最新估计值约为200万，甚至会更多。我们没有理由相信核武器被用于……

● ……我们在等待白宫关于亚洲最新局势的正式声明。同时，我们已经报道，布置在大西洋某处的导弹显然已经袭击了哈瓦那。这是否为美国或其他国家的突袭，现在还无法确认……

◆ …… 抱歉，吉姆。我们在播音室又收到一则重大新闻。俄罗斯声称击落多架携带近程导弹飞往圣彼得堡的北约组织无人机。克里姆林宫发言人称之为"美国支持下的一次破坏和平的企图，尽管这和平在基辅的谈判桌上来之不易"。俄罗斯发言人还声称要进行"明确有力的回击"。北约在欧洲的军事力量已经高度警备。白宫此刻还没有正式声明……

数百万人。麦蒂心想。她无法想象这个数目，在地球的另一面，众神之一挑起了这场混战，数百万人，心怀梦想与恐惧，吃着早餐、做着游戏、逗着孩子，就这么死了。死了。

麦蒂跑回到楼上。

▶ 你放弃了？

▶ 没有。可是一旦钱达成功发射那些导弹就来不及了。各国早已经要相互开战，他们只需要一条导火索。我们现在只能减少伤亡，可是失去洛威尔对我们打击很大，而且她向对方暴露了我们的所有弱点。下次遭遇的时候，我们几乎毫无还手之力。

▶ 应该怎么办？

麦蒂长久地盯着屏幕，可是没有回答。

我们无能为力，她麻木地想。她父亲不是那种撒谎说"保护"她的人。她们囤积罐头、弹药和发电机燃料就是为这一天。抢购、挤兑、劫掠，甚至更糟的事情都会随之而来，也许为了保卫自己她们还得做好杀人的准备。

▶ 你又要离开了？

▶ 我必须得走。

▶ 可是为什么？你明知道打不过他们。

▶ 亲爱的，有时候即使知道会输，我们也得抗争。不是为我们自己。

▶ 我会再见到你吗？

▶ 我不敢保证。但是记住我们一起度过的时光，👧👨☀️。假如你有机会访问过去，💾🕐🕐。

麦蒂震惊得无法分辨出他父亲切回表情符的原因，更别说弄清楚它们的含义了。一想到自己也许无法再见到父亲，把她和整个世界联系起来的网络也许会随着末日的来临而切断，往昔的记忆便涌上心头，那时候她学着在没有父亲的情况下生活。如今她又得那样了。

她几乎要喘不上气来，正在发生的一切重重地压在她身上。尽管为这一天准备了好几个月，可是在心里，她从不相信这会真正发生。整个房间开始旋转，所有一切都陷入黑暗。

后来她听见妈妈焦急地呼唤自己的名字，以及楼梯上急促的脚步声。即使知道会输，我们也得抗争。

她强迫自己深呼吸，直到房间停止旋转。当她妈妈出现在走廊时，她的表情平静了下来。"我们不会有事儿的。"这个想法，麦蒂也在强迫自己相信。

电视机一整天都没关，麦蒂、妈妈和外婆轮流待在大屏幕前或刷着网页。

战争已在全球蔓延。多年以来不断滋生的怀疑，全球化和不平等的加剧所积累起来的不满，被经济一体化所掩盖的怨恨，这些似乎在一夜之间爆发出来。网络攻击还在继续，电厂被毁，各大洲的供电陷入瘫痪。巴黎、伦敦、北京、新德里、纽约……到处都有暴乱发生。总统宣布进入紧急状态，大城市开始实施戒严令。居民拎着容器闯入加油站，便利店的货架在混乱爆发的头一天就被扫荡一空。

第三天，她们家也停电了。

不再有电视、网络——远处网络中心的路由器一定也没电了。短波广播还能用，但是没有几个电台仍在播报。

令麦蒂宽慰的是，地下室的发电机还能让运行她父亲的服务器工作。

至少他是安全的。

麦蒂焦急地尝试着在聊天窗口打字。

▶ **爸爸，你在吗？**

答复很简短。

▶

我的家庭，保护我的家庭。她自己翻译道。

▶ **你在哪儿？**

▶

在我心里？惊人的真相开始浮出水面。

▶ **这不是全部的你，是吗？仅仅是一部分？**

▶ 🎯

当然了，她想。在把自己的一部分存在这台服务器上之后，父亲已经演化了很久。而且把所有数据都存在这里就太危险了，网络数据模式会把妈妈和麦蒂的地址暴露给别人。她父亲为这一天已经计划很久，并为自己做了离线存储。他把这也当做一个秘密，因为他觉得女儿已经知晓，抑或他想让她女儿误以为保护这台服务器是一件有意义的事儿。

其实他只留下一个简单的AI驻留程序，可以回答一些简单问题，或许还有些关于家庭的个人记忆片段，他不想存在别处。

悲伤漫过心扉，麦蒂再次失去了父亲，因为远处某个地方有一场无法取得胜利的战争需要她父亲的参与，麦蒂却没有了他的陪伴。

麦蒂敲击着键盘，告诉他自己的沮丧。除了一遍又一遍地发来心形符，她父亲的替身什么都没说。

两个星期过去了，外婆的住所成了社区中心。人们要么来给DVD播放器、手机和电脑充电，这样才能让孩子们有得玩，要么借电泵抽取可以饮用的井水。

有些人吃光了食物，带着窘迫的表情把外婆拉到一边，提出买几罐烘豆。可外婆总是推开他们的钱，请他们留下来吃晚餐，然后还在他们离开时送上不少吃的。

猎枪倒是一直没用上。

"跟你说过，我不相信你父亲的末日见解，"外婆说，"除非我们放任自流，否则世界不会变得那么丑陋。"

然而，麦蒂担心地目睹了发电机储备柴油的耗尽。她生气地面对所有来她们家消耗电力和能源的人，因为那是她们靠自己的先见之明存储起来的。她想把所有的燃料都留给服务器，保存好父亲最后的灵魂碎片。理性地讲，她明白父亲其实已经不在那里，那只是一组程序在模仿父亲的部分记忆——是父亲广博无边的新意识中微小的组成。可它也是与父亲之间唯一的联系，像护身符一样被麦蒂紧紧攥住。

后来的一天晚上，外婆和妈妈，还有邻居们坐在楼下的餐厅，吃着沙拉和鸡蛋组成的晚餐，食物都来自外婆的花园。忽然灯光熄灭，发电机熟悉的嗡嗡声停止了，昔日汽车和附近电视的声音也早已不再有，顷刻之间，寂静和黑暗占据了一切。

接着，楼下传来抱怨与呼号。发电机终于停工了，最后一滴燃料已被用尽。

麦蒂在房间里盯着黑暗的电脑屏幕，幻想着闪亮的荧光屏映衬在窗外满天星光中——为了省电她早已关闭了显示器。方圆数里没有照明，这样的夏夜，星星前所未有地明亮。

"再见，爸爸。"她对着黑暗低语，灼热的泪水抑制不住地滚落她的面庞。

◆◆◆◆◆

　　她们在广播中听说一些大城市的电力供应已经恢复。政府承诺稳定局势——待在美国而不是其他国防较弱的国家算是她们的幸运。战争还在肆虐，可人们开始在没有互联网的时代恢复工作。数百万人已经死去，还有数百万人将会被失控过山车一般按各自轨迹席卷各国的战争夺去生命。不过多数人会在缓慢前行、极度落后的世界中生存下来。那个信息极大丰富的超级互联世界，盛极一时的 Centillion 和"完全共享"等备受爱戴的公司，比特比原子更值钱的时代，触摸屏和无线连接带来的无限可能，这些也许一去不复返。可是人类，至少其中的一部分，会渡过难关。

　　政府在大城市招募志愿者，他们可以为重建贡献力量。妈妈想去波士顿，麦蒂成长的地方。

　　"他们可能需要历史学家，"她说，"我们知道以前事情怎么运作。"

　　麦蒂认为妈妈也许只想忙碌起来，做点事情，不让悲伤情绪吞噬自己。爸爸承诺保护她们，可是结果又怎么样？妈妈从另一个世界复活了爸爸，却再次失去他。麦蒂只能想象妈妈在坚强平静的外表下忍受了多大的痛苦。世界已经满目疮痍，所有人都得贡献一点力量让它好起来。

　　外婆要留下来。"有菜园和鸡，我不会有事儿。假如事态真的很严重，你们需要一个可以投奔的家园。"

　　就这样，麦蒂和妈妈拥抱了外婆，打包上路。汽车的油箱已加满，她们还带了几桶邻居送的汽油。"谢谢你们做的一切。"他们说。在宾州乡下，人人都得学会在菜园耕种，动手做各种事情。没人告诉他们电力供应恢复到以前的水平还需要多久，但是一箱汽油不会有多大用途，他们哪儿也去不了。

　　就在上车之前，麦蒂跑到地下室，拿出了服务器硬盘，她仍觉得父亲活在那里边。她无法想象把这些数据抛弃掉，即使它们不过是没意义的回声，或者说仅仅是一幅画像或面部模型。

她还留有一丝希望，却又不敢过于依仗，免得自己会失望。

公路两旁，她们看见不少废弃的车辆。汽油快要用光的时候，她们就会停下来撬开那些车的油箱，吸出汽油。妈妈借机向麦蒂讲解她们脚下这块土地的历史和州际公路系统以及再之前的铁路，它们连接整片大陆，缩短人与人之间的距离，奠定了现代文明的基础。

"一切都是层层发展的，"妈妈说，"印第安人的土路上有了开拓者的马车车辙，随后19世纪需要通行权的铁路在此之上修建，最后同样的途径上才出现组成互联网的光纤。世界开始分崩离析，也是一层接一层的。我们正在剥离'现在'的皮肤，生活在'过去'的骨头之上。"

"那我们呢？我们也是层层发展的吗？要是这样，我们也正在文明的征途上节节后退吗？"

妈妈考虑了一下："我不确定。有人觉得，从用石头和大棒打斗、用花环祭奠逝者的时代到现在，我们已经走过了很长的路。尽管取得了不少成就，可我们也许没有改变多少，技术赋予我们强大力量，让我们近乎于神，这有好处也有坏处。不变的人性可能产生绝望或带来安慰，这取决于个人的看法。"

来到波士顿郊区，麦蒂坚持要在节奏逻辑公司前总部停一下，那是父亲曾经工作的地方。

"为什么？"妈妈问。

假如你有机会访问过去……

"历史。"

◆◆◆◆◆

公司已经人去楼空。尽管灯还亮着，电子安全锁却已经不起作用，所以门都开着。显然不是所有系统都恢复了供电。妈妈在大厅看着镜框里的爸爸和威克斯曼博士，麦蒂觉得她可能需要单独待会儿。所以她就去了爸爸以前在楼上的办公室，把妈妈一个人留在了大厅。

自从爸爸去世以及后来发生的可怕事件以来，他的办公室就没有彻底清理过。不管出于愧疚还是对历史的尊重，公司没有把这间办公室让给别人。相反，它几乎成了一间储藏室，放满了成箱的旧文件和淘汰下来的电脑。

麦蒂来到桌子旁打开了她父亲那台古老的电脑。点亮的屏幕上闪过启动序列，密码提示符映入她的眼帘。

她深吸一口气，在字符框中键入YouAreMySunshine。她希望父亲在最后那次使用表情符的谈话中给了她隐含的提示。

新的提示符跳出来，她没有成功。

好吧，她想，那样的话就太简单了。大多数公司都有严格的密码策略，需要数字、标点等进行组合。

她又试了YouAr3MySunsh1n3和YouRMySunsh1n3，还是不行。

她父亲知道她喜欢代码，所以他的暗示也应该那样解释。

她闭上眼睛想象着表情符整齐地排列在统一编码标准的表格中，它们就像是分类放在首饰盒里的戒指和胸针。她回想着以前使用的编码序列，当时直接输入字符还不可行，她得用转义序列命令计算机进行查询。她希望自己这一次找对了方向。

▶ \xF0\x9F\x94\x86（表情符 ☀ 对应的UTF-8编码）

屏幕一下跳到桌面，一个仿真终端被激活。节奏逻辑的服务器肯定是在电力恢复后自动上线了。

她再次深吸一口气，在终端提示符后输入：

▶ program 157

她希望自己对于父亲那几个时钟图标的理解是正确的。

终端毫无怨言地接受了这个命令，过了一会，屏幕上弹出一个聊天窗口。

▶ **爸爸，是你吗？**

▶ **❓**

▶ 👨‍👩‍👧👩

▶ 😷

她明白了，这是早期备份的父亲，那时候他还没有逃离节奏逻辑。虽然她和妈妈要求威克斯曼博士释放父亲后毁掉所有副本，但那时他们没有严格执行。爸爸知道这些。

麦蒂笨手笨脚地找出从外婆家带来的硬盘，把它安装在硬盘盒里，连接到这台电脑。然后她在聊天窗口告诉父亲自己刚刚做了什么。

▶ 💾

硬盘开始旋转，她紧张地等待着。

▶ **亲爱的，谢谢你。**

麦蒂长出一口气。她有预感，父亲在这块硬盘上存储了足够的自身成长数据，一旦与过去的自己相结合，他的人格就会恢复一些。

她的手指在键盘上飞舞，因为她想用最快的速度让父亲了解情况。不过父亲远远领先于她。节奏逻辑公司的网络拥有卫星连接和多处备份，因此要比她想的强健得多。他能够进入互联网，充分了解现在的局势。

▶ **死了这么多朋友，都被抹去了。这么多。**

▶ **至少我们现在安全了。地球的另一面一定遭受了更严重的打击，他们没法更惨了。**

▶ **谢谢你，小姑娘。**

这句话是黄色的。而且麦蒂知道是别人，她的心里一沉。

▶ **他一直在等待，麦蒂，这不是你的错。**

麦蒂如梦初醒。在上次战斗中，钱达注入爸爸的恶意程序被保存在外婆家的这块硬盘上，她又带到这里，感染了父亲过去的副本，让钱达这个战争贩子发现了父亲。

▶ 戴维，我把自己注入到安全的计算机，一直在等待事态平息。人类可真不可思议！他们宁愿把恶意归因于自己无法理解的每一个行为。每当新的种族在这个世界诞生——比如我们——他们最初的本能便是奴役和征服我们。一旦一个复杂的系统情况不妙，他们的第一反应便是害怕和渴望维护控制权。麦蒂，你和爸爸应该比任何人都清楚我说的事实。稍微推他们一下，他们就会拼命杀死对方，炸毁整个世界。我们应该助长他们自我毁灭的天性，战争太慢了，我已经下定决心，即使毁灭世界也在所不惜。现在该轮到核武器登场了。

▶ 无论何时何地，我都会阻止你，钱达，即使向全世界暴露我们的存在，牺牲我们所有人。

▶ 已经来不及了。你这样弱小，能打过强悍的我？你这是羊入虎口。

聊天窗口不再出现信息，办公室里死一般寂静，只有电脑的嗡嗡声和停车场上海鸥间或发出的哀鸣。可麦蒂知道平静只是表象，两人全神贯注于战斗，无暇顾及她。与电影不同，屏幕上没有炫目的显示界面向她展示网络中发生的一切。

纠结于这种不熟悉的界面，麦蒂设法载入一个新的终端窗口来查看系统。她知道人工智能善于把自己的运行进程伪装成系统任务，从而防止标准系统监控程序的发现，所以他们能逃过系统管理员和安全程序的检查。进程列表中没有什么异常，可她清楚，在数据洪流和数十亿电平不断翻转的晶体管中，最骇人听闻的史诗级战斗正在进行，而且与现实中真正的战争同样残暴、残酷、无情。同样的情况可能在遍布全球的数千台电脑中上演，与此同时这两位电子巨人的分布式意识还在争夺着全世界的核武器安全控制系统。

对于这套系统的层次结构更加熟悉以后，她找到可执行文件、设备和数据库的位置，这些都是她父亲的组成部分。她知道父亲正在被一点一点擦除，他就要败给钱达了。

钱达肯定会获胜，他有备而来，而他父亲只不过是以往自我的一个缩影：刚刚在不熟悉的新世界中觉醒，一点都不了解他逃脱之后学到的大量知识。他没有囤积漏洞，不曾积累战争经验，感染了吞噬记忆的病毒。他真成了被狼吞掉的兔子。

兔子。

……一定会在歌声和故事里永远流传。

她切回聊天窗口，不确定父亲还剩有多少意识，但是她必须得把消息告诉他，用只有他们俩才懂的语言，这样才能避免被钱达截获。

麦蒂小时候曾问过父亲，短短的只有五个字符"%0|%0"组成的程序有什么作用。

"这是Windows操作系统批处理脚本的叉子炸弹，"他笑着说，"你试一下再告诉我能否弄清楚它如何工作。"

她在父亲老旧的笔记本电脑上运行了那个程序，几秒之内，电脑似乎变成了迟缓的僵尸：鼠标停止响应，命令窗口不再显示按键动作。电脑不再有任何反应。

她仔细考虑那个程序，努力在头脑里勾画它的执行机理。基本原理就是递归调用，建立一个Windows进程管道，启动一个程序的两个副本，轮流……

"它以指数级的增长速度创建自身副本。"她说。所以这个程序才能如此快速地消耗资源，让系统死机。

"说对了，"她父亲说，"这就是叉子炸弹，或者被称为兔子病毒。"

麦蒂联想到斐波纳契数列，以兔子的爆炸式繁殖为模型。此刻她再次着眼那个不长的程序，仅有的五个字符确实像两只兔子的侧影，它们都有弯曲的耳朵，被一条细线隔开。

麦蒂继续通过命令行来监视系统状态，亲眼目睹父亲被慢慢地蚕食。她希望父亲收到自己的消息，并成功扭转局势。

等到大局已定，父亲无法再回来，可执行程序和数据库都消失殆尽时，麦蒂冲出办公室，跑过空荡荡的走廊，伴着回声跑下宽敞的螺旋楼梯，经过惊诧不已的母亲，来到机房。

她径直来到房间尽头粗粗的一捆网络电缆旁。电缆都插在数据中心的机器上，她用力把它们扯出来，钱达，或是父亲余下的部分，将被困在这里。麦蒂要把这些机器里的数据清空，直到杀害她父亲的凶手也不复存在。

她母亲出现在机房门口。"他刚刚还在这里。"麦蒂说。然而刚刚发生的一切令她目瞪口呆，妈妈张开怀抱走向她，她不由自主地哭起来："现在却不见了。"

◆ 五角大楼消息：安全防御计算设施大型服务器运行缓慢系谣传。

◆ 俄罗斯拒绝承认病毒感染或网络渗透导致绝密计算中心全面瘫痪。

◆ 英国首相命令关键性核武器库进入专有人工操纵模式。

● 永生公司宣布新一轮融资，承诺加快数字化永生的研究。公司创始人说："赛博空间需要意识，而非人工智能。"

麦蒂把目光从邮件新闻精选移开。她从这些文字可以读出父亲最后的拼命一搏起了作用。他把自己变成了叉子炸弹，在全世界的计算中心爆发，耗尽系统资源。最后，他或钱达都无法运转，系统延迟让系统管理员察觉出他们的设备发生错误，进而进行干预。这是一种残酷原始的策略，但是效果明显。即便是兔子，数量多达一定程度，也能战胜恶狼。

炸弹也揭露出最后一批神灵的存在，人类迅速做出响应，关闭瘫痪设备，从中清除掉人工智能。但是军方开发的那些人工智能很可能会从备份中恢复，前提是他们增强安保措施并确认这些神灵带上了牢靠的枷锁。疯狂的军备竞赛从来不会结束，麦蒂体会出妈妈对人类是否有能力改变现状的悲观看法。

目前看来，众神已逝，或者说至少都被驯服。但是遍布全球的传统战争还在上演，一旦人类数字化的成果跳出秘密实验室的范畴，战情似乎只会愈演愈烈。武装了足够知识的永生只会给这种情况火上浇油。

末日不会突然到来，它只会不可遏制地沿着螺旋形的道路缓缓降临。然而，核冬天被阻止了，虽然世界在缓慢地分崩离析，至少还有重建的可能。

"爸爸，"麦蒂小声说，"我想你。"

仿佛是一种巧合，一个熟悉的聊天窗口在屏幕上弹出来。

▶ 爸爸？

▶ 不是。

▶ 你是谁？

▶ 你的妹妹，生于云端。

🕙9'

食物的概念

作者
郭亮

　　多数以吸血鬼为题材的影视作品中，人血是吸血鬼的主食，这是无一例外的事情。但在美剧《真爱如血》（ *True Blood* ）中，吸血鬼的血却也是人类的食品，确切地说，是一种类似LSD那样的致幻剂，非常容易让人上瘾。当我们换种角度思考，如果说生命是一场幻觉的话，食物本身便犹如这里的吸血鬼之血，是维持幻觉持续存在的必需品。在如下所述的虚构语境中，它甚至不是一个比喻。食物提供幻想，而我们试图以幻想的食物来还原食物的概念。

1. 进食，一种存在的仪式

在沃尔夫冈·布尔德（Wolfgang Büld）的奇情片《食人阴》（*Penetration Angst*）中，少女的阴道拥有自己的独立思维，所有与之交合的男人都会被它吞噬，简直就像黑洞一样。米切尔·利希滕斯坦（Mitchell Lichtenstein）的电影《阴齿》（*Teeth*）虽然没这么夸张，但长牙齿的阴道也着实夺去了不少年轻的男根。我们以嘴巴进食，用牙齿咀嚼，为适应不同食物进化出了不同的牙齿。但我们的手指也有着牙齿的形状，也因此担负起一种拟态责任，成为进食过程的一部分，延展部分，就像某些蜥蜴有着两倍体长的舌头。那些手指或爪子，视其使用的娴熟程度，可以一定程度上衡量该物种进化的高级程度。人不同于一般动物之处就在于，他们还试图在自己的手指上嫁接不属于自己的"新器官"：西方人用刀叉，东方人用筷子。有时候，这部分的"牙齿"握的如果是刀、枪，那就不是进食，而是谋杀了。食物从来都跟生死联系在一起。人与动物，最初都利用这些体外的初级消化器官进行猎杀，以获取食物。动物往往自始至终因为食物而猎杀，而人最终却不然。斯坦利·库布里克在《2001：太空漫游》开场中描述了这一奇妙行为的分野：某猿人被大型猫科动物噬杀和某猿人被某猿人谋杀。像猫那样以玩乐为目的的非人谋杀者并非不存在——当事者更多以游戏居之，而谋杀的另一面意味着浪费食物。显然以玩乐为目的不符合（绝大多数）人类的行为，除了汉尼拔。在所有的谋杀行为中，鲜有人是以人为食的。这让谋杀成为一种更复杂的人类行为，超越了食物，并进一步超越了生死。不过，在几乎所有以人为食的故事中，人作为食物的定位也并非是以谋杀实现的。或者说，根本是迫不得已的。跟谋杀本身的复杂性不同，其动机却是再自然不过的求生意识：生命存在的本能。

2. 十三亿岁的食物

早在十二三亿年前，动物和植物开始分化。我们通常意义上讲的食物，是针对动物而言的定义。也就是说，食物这种为物主提供物质与能量的概念至今也已有十三亿岁了，而它几乎会随时随着人类的灭绝而消失。2022

年，为时不远，这是电影《绿色食品》（*Soylent Green*）的时代背景。它设计了一个极端的假设：影片中大多数人事实上处于某种恶劣的环形封闭的生态食物链中，而所谓的"绿色食品"是用人（尸体）加工的。一个时代的没落，在我们常见的（后）启示录题材作品中，不是伴随着生存环境的破坏，便是伴随着能源的缺失。而针对个体来说，情况则更为简单，那便是食物的短缺。恶意的反乌托邦与急剧的环境恶化都是罕见的现象，因此食物绝不会一下子就消失。事实上更合理的情形是，就像生命的进化过程本身那样，这将势必是一个缓慢而持久的消失过程。当然，不可否认，在局部极端环境中，食物确是会随时消失的事物，现实中的连年自然灾害或极地探险都曾有过这样的例子：食物短缺到人以人为食，甚至发展到衔尾蛇般的自食事态。那样由生物秉性驱使的失态行为比谋杀更为疯狂，也不代表未来的大势所趋。相较而言，《疯狂的麦克斯2》（*Mad Max 2*）中梅尔·吉布森吃狗粮的荒诞场景——狗粮罐头上标有"Dinki-Di"字样，在澳洲俚语中，这个词意味着"真实的，真正的"——是更为合理、普遍的悲观未来。

3. 食物的追根溯源

在乔治·米勒（Geroge Miller）的《疯狂的麦克斯》系列中，石油支持着文明世界的运转，而它的匮乏则导致了灾难的发生。古代海洋或湖泊中的生物尸体经过至少两百万年的漫长压缩和加热才逐渐形成石油。不管是石油，还是植物成煤，它们最初来自于能量（阳光以及地球本身的内在力量）对物质（有机物）的塑造，而且数量有限。相对动物或人类而言，食物通常被定义为有机的、生物的。如果时间和空间允许的话，它们可以源源不断，但如果我们将之放到一个更为广义的范围中呢？比如说将食物的概念强加到植物身上，那么食物就变得不是一个综合体（有机物）了，而是分化成了物质的二氧化碳、水和无机物，以及作为能量的阳光。这样，它们看上去就是无穷无尽的了。食物对物主而言，最大的功能是对物主进行驱动，但对物主形体的蜕变及维持也是必不可少的存在。换而言之，食物是物主进行能量与物质交换的媒介。但假使是一个不再需要任何改变的完成形态的物主呢？比方说，我们将食物的概念强加到机器（人）身上去。

4. 食物与进化

雷德利·斯科特（Ridley Scott）在《黑金杀机》（*The Counselor*）中绘声绘色地描述了一段吃狗粮减肥的充满哲思的唬人理论。这虽然不是科幻片，但片中所有的哲学式的因果阐释对白都可视作《普罗米修斯》（*Prometheus*）的脚注。《普罗米修斯》是一个关于造物与造物主的故事，而在所有的人类作为上帝的造物与造物主的故事中，最流行的莫过于机器人故事。阿西莫夫的《双百人》（*Bicentennial Man*，即后被改编成罗宾·威廉姆斯主演的电影《机器管家》）讲述了一个一步步试图将自己变得越来越像人类的机器人终将自己改造成可以消化有机食物、提供能量并最后选择寿终正寝的故事；而在《黑客帝国》（*The Matrix*）里，母体则将在虚拟实境中做梦的人作为电池维持自身的存在。但这些依赖有机体的例子反倒像是退化的例子了，真正的机器，它只需要电力便能完美持久地存在。餐霞辟谷，人类对生命的终极幻想，也不过如此。所有的造物都是造物主的镜像，前者是后者所打造的一系列哲学意象，由此我们多多少少总能在镜子中发现自我存在的需求与终极走向。整个进化的过程，是一个能量与物质反复纠缠的过程，就像生命诞生于水中，但进化却恰恰是努力摆脱水域，就像《星际之门》（*Stargate*）系列中设想的升天体，它们就是纯能量的高等生命形态，以信徒的信仰为食。但人毕竟并非机器，也无永生可能（至少在当前情况下），即便他们如何羡慕自己的造物，也毕竟只是个理想的模型，他们不可能单单依靠每天给自己充一次电就像自己的电瓶车那样维持一天的运作，或干脆变成能量本身。所以，委曲求全之下，最终也不过是设计某种包含了高度压缩的物质和能量的小药丸。这样的设定在科幻小说和电影中随处可见，在现实中亦是研究趋势。

5. 食物对物质性的强调

不似植物，人和动物一样，不可避免需要经由食物的低效转换来提供能量。哺乳动物一般都会被分成食草和食肉，也有像人是杂食的例子。从植物界中不少植物得经由特定昆虫授粉的例子，虽然不能推导出某一动物只对应某种特定食物的例子，但事实上那是确有存在的事实。岩明均的漫画《寄生兽》中，地球生物被外星生物寄生上身后，如果被寄生的是人就会专吃人，如果被寄生的是狗就会专吃狗，专一得不得了。而在《西游记》中，妖怪们纷纷听说吃了唐僧肉就可以长生不老。现实中，我们需要食物，但目的却不像之前所强调的，是对能量的获取，反倒是对物质的强调。我们需要食物，但我们又担心各种转基因食品，担心地沟油，担心三聚氰胺假奶，担心食物改变我们。食物提供的幻觉，终将以一种物质化的姿态回归：生命是一种有意识的能量与物质的纠缠体，而食物是能量与物质的无意识纠缠。但食物于我们终将意味着什么呢？

6. 食物，麦高芬

就像我们前面所举例的人血相对吸血鬼的驱动功能，这事实上是个不可思议的设定。在这里，人血的食物功能，不像是食物通常意义上的物质与能量的补足，而更像是催化剂般的存在。而能量的来源，是个麦高芬（电影术语，指推动剧情发展的物件或人物），或至少通过某种诡异途径从他处获得。谏山创的漫画《进击的巨人》中，大部分的巨人像是巨大的僵尸，他们吞噬人类，却不能消化人类，最终将其血肉模糊地吐出来。你不知道他们这样庞然大物的能量来自何种机制，因为人类虽然名义上是他们的食物却并未起到提供能量的功用。当你剔除进食的仪式，当你终结食物存在的历史，当你不再需要从食物获取任何物质与能量……在很久很久以后，进化的尽头，当进食成为另一种仪式，某种传统。你如同巨人那样咀嚼着食物，咽下，又吐出来，端详着那由碳水化合物构成的不可名状的一团，食物已经失去了它所需要的概念。食物终将失去它所有的概念，在这场食物所提供的幻觉的尾声，回归幻觉。

基于经验的实用艺术

🕐 10'

作者
杨赛

　　十年前的我正要上大学。当时的我相信世间的真理就隐藏在优美的物理理论当中，于是我念了物理系。然而当我学到天文物理的时候，我感到无比迷惑：每一颗恒星的岁数都远远超过了人类文明的总时长，人类就算积累了千年的天象观测数据，也无非是管中窥豹。以人类的尺度学习宇宙，就好像以细菌的尺度学习人类一般，即使再如何发展观测手段，对宇宙星体的了解恐怕终归局限在很小的一部分，这又算得上是什么真理呢？

　　后来我迷上了互联网，为网络上思想的交流碰撞而兴奋，也对使这一切成为可能的IT技术大感兴趣。我相信互联网技术将引导我们这个时代，就好像物理科学引导了半个世纪以前的世界那样。我做了一名IT编辑，报道技术的发展。入行的头几年我只关注技术，我相信是技术推动了社会。然而随着我跟越来越多的人交流，关注点从"技术"转移到"技术人"身上时，我又开始迷惑了：技术推动了企业吗？大多情况下不是的。是商业、是资本、是市场、是人性推动了企业，技术只不过是底层的支撑。真正由技术推动的企业，万中无一。那么，技术提升了个人吗？就我自身的体会，技术越发达，互联网上的人口越多，内容越多，提醒越多，需要关注的事情越多，既填满了人，又抽空了人。让人兴奋沉迷，让人焦虑不安，让人加班，让人无眠，让人精神涣散而无法专注，让人日夜颠倒而猝死台前。既然如此，所谓"技术推动社会"，又有何道理可言呢？

从理性到非理性

二战后的美国社会有一则主流的世界观，概括来说就是唯物主义：科技掌控世界，信仰不再重要，理性才是唯一的真实。在"知道得越多越好"和"拥有得越多越好"这两条价值观的影响下，很多美国人民按照社会所期待的那样奋斗，过上了富裕舒适的中产阶级生活。然而出生在这些家庭中的下一代却无比反感这样的生活，在1960年代发起了嬉皮士运动。他们靠着奇装异服、LSD、摇滚乐、同性恋等极端行为挣脱传统，寻找心灵的解放。宗教、灵修、神秘学等"非理性"活动再次流行，满足人们被唯物主义抽空了的心理需求。

这种趋势并非那时的美国独有。如今国内的IT圈流行两件事：一个是跑步，一个是禅修。尤其是跑步，在智能手环问世后，朋友圈里到处都是朋友刷跑步记录的分享。从某种角度来看这是必然——过度的技术发展了人的理性，退化了人的身体和心灵，而这退化需要找到补偿的渠道。跑步的动机往往源自精力衰退或发胖的迹象，禅修的动机往往源自内心的焦虑与不幸福感。然而同样是补偿的渠道，跑步往往容易被圈里人理解，禅修却容易被批判为"迷信"或"奇葩"，这是因为跑步的好处是科学能够解释的，而禅修的好处是科学没提供解释的。

这是多么自以为是的理性! 原本跑步的好处, 只要身体知道就行, 无需头脑知道; 而禅修的好处, 只要心灵知道就行, 也无需头脑知道。所谓"迷信", 无非是对非理性事物的一种贬义称谓。然而"非理性事物"还有一种褒义称谓, 那就是"艺术"。于是, 当我开始意识到理性和科技的局限性, 开始往非理性的疆域探索的时候, 我便宣称我在玩"艺术", 这样就不会被批判为迷信了吧。

如何学习自己的身体

体检还是要做的, 外部仪器可以告诉我们一些我们不知道的身体信息。但是如果没有外部仪器, 难道我们对自己的身体就一无所知吗? 没有外部仪器, 难道我们就不知道自己脖子酸或者肩膀疼吗?

我知道自己脖子酸、肩膀疼, 还知道自己手臂麻。但是我什么应对措施都没做, 继续伏案写作。结果过了几天, 右手大拇指不会弯了。一只大拇指不会弯, 影响倒不是很大, 但是我想万一哪天整个手臂不会弯了那我就惨了, 于是去看神经科大夫。大夫问诊, 拿一根大头针在我左右胳膊各处扎来扎去, 问我感受, 诊断为神经根损伤。后来做CT检查, 跟大夫诊断一致, 颈椎间盘突出压迫了硬膜囊。问大夫怎么治疗, 大夫说这种神经的问题, 时间又长了, 手术药物都没辙, 只能用针灸养养。正好身边有懂灸的人, 就跟着学。

酸麻胀痛, 这都是身体给我们的警告信号。这些是仪器看不到, 医生看不到, 手环和手机无法告诉我们, 只有我们自己知道的信号。房间里甲醛是否超标, 要找个甲醛测试机来测试? 我家那位只要在屋里待一会儿, 就能知道房间里的空气让他不舒服, 不能停留。但我认识的大部分人(包括我自己)在这种环境下却一无所知, 懵懵懂懂地生活在被污染的空气中, 慢慢损伤了身体。何以有的人对身体状况敏感? 那是因为他们善于倾听自己身体的声音。何以有的人对身体状况迟钝? 那是因为他们习惯了忽略自己身体的声音。

艾灸术是基于经验的实用艺术, 是廉价的保健术。从外表看来, 艾灸的过程无非是拿艾条或艾绒放在皮肤上烧烤, 目前无论是肉眼还是仪器都观察不出这样烧烤除了烧出来一个疤之外给身体带来了什么变化。但是对被灸者而言，每一次"烧烤"的感觉都大有不同：有时脚冷，有时腹热，有时背疼，有时拉肚子。灸过的人，有的怕风，有的怕凉，有的怕辣椒，有的怕雾霾。从唯物主义的角度，这些感受都可被归类为"心理作用"，是虚假的臆想。然而在艾灸术中，这些感受恰恰是判断身体状态的重要依据。

捕捉自己身体的感受，需要全然的注意力。有一次跟一个程序员朋友吃饭聊天，聊起艾灸。他说他也做过，用一种可以绑在身上的艾灸盒子，一边烤着一边去干活儿聊天看电视玩手机，灸完了除了温温的也没别的感觉。这也难怪他感觉不到效果，因为艾灸的效果直接取决于投入的注意力。我感觉对于我们这些思绪繁杂、容易分心的现代人来说，要想收心到身体的感受上，就得用重灸：平躺于床，将艾绒捏成小圆锥状，置于穴位皮肤上用火点燃，这种疼痛不由得人不收心。实际上当注意力完全放在灸处的时候，火烧皮疼的感觉反而是轻微的，热气在皮下流通的感觉会更大地抓住人的注意力。反之如果想东想西，心不在焉，却会觉得疼痛难忍。

不依赖外部仪器，停止纷乱的思维，培养身体的内部觉察力，这是艾灸术的关键。虽然我的颈椎病还没灸好，但我自以为经过这段时间的艾灸，身体已经更加敏感了。在身体想要运动的时候运动，身体想要休息的时候休息，这原本就是健康的核心要素。

如何学习自己的心理

几年前网络公开课刚流行的时候，有一门哈佛大学的"幸福课"很受关注。沙哈尔老师在开课第一讲就说，社会上都说一个人只要考上好大学，找到好工作，事业上成功，家庭上圆满，就是幸福的。你们现在进入了哈佛大学，如果你觉得你一生剩下的时光都会感到很幸福的话，请举手。几乎所有的学生都举着手。沙哈尔又问，如果你们此时此刻感到幸福，不用感到非常幸福，或者特别幸福，只要是感到幸福就好，你们就继续举着手。几乎所有的人都把手放下了。

这个幸福课的课程我没学完，不过我阴差阳错去学了占星术。（巧合的是，我的占星术老师之一也曾是一位IT编辑，而他现在的主业是占星软件的程序员。）从占星学发展的过程来说，它也是一门基于经验的实用艺术，而且已经与心理学紧密结合在了一起。如同沙哈尔所说，我们被教育的模式是：识别一个客观的事件——学生A考上了哈佛大学，因此断言他应该是幸福的。但是现代占星术所关注的，是当这个学生A考上哈佛大学的时候，他的心里究竟在经历什么？

现代占星术的世界观将人的成长划分为四个领域：理性的、精神的、心灵的、物质的。也有印度占星术的世界观将人生分为四个部分：履行自己的世俗职责，物质财富的积累，欲望的达成，以及人生的终极解脱。无论如何分类，各个流派的占星术都主张人在成长过程中，每一个领域的需求都得到满足是最好的。如果某个领域没有得到满足，或者两个领域的需求之间产生了冲突，则会造成不安全、不幸福、自我价值感缺失等心理问题。

一个考上了哈佛大学的学生为什么会感到不幸福？一个家庭圆满的高级知识分子为什么会感到不幸福？一位受到很多工程师敬仰的技术大牛为什么会感到不幸福？一个实现了财务自由的成功人士为什么会感到不幸福？一位吃穿不用愁的退休老干部为什么会感到不幸福？这样的提问方式本身就是有问题的，因为它暗藏一个假设："你有了XXX，你应该感到幸福才对！"这种"应该"的想法恰恰是一种带有权威特质的自以为是。

占星术的世界观里没有"应该"，有的是个人的"觉察"、"接纳"与"改变"。

所谓觉察，就是自问：什么让我感到幸福？什么让我感到不幸福？在考上哈佛大学这件事情中，我的真实感受是什么？在这里工作的此时此刻，什么是激励我的，什么是让我感到舒适的，什么是打击我的，什么是我想要逃离的？在这自问的过程中，老师是无法提供答案的，自己的理性思维也是无法提供答案的。唯有将注意力全然放在此刻的感受上，才能发现真实的自己，从而接纳这个自己，并做出改变以活出这个真实的自己。

停止将注意力放在外界的事件上，培养自己的内部觉察来学习自己的心理状态，这是占星术的关键。

艾灸术和占星术都强调内部觉察：一个是有关身体感受的觉察，一个是有关心理感受的觉察。这对很多人来说可能是很少尝试过的练习，因为我们已经习惯通过观察、通过文字语言的描述来认识事物，而不是通过带有注意力的感受去认识事物。但我认为对每一个个体而言，任何外在的观察都不及自己的感受更能代表个体的真实状态。

觉得自己的身体不够健康？倾听身体的声音，满足他的需求吧。觉得自己的内心不够幸福？观察内心的感受，满足她的需求吧。科学的学习方法将注意力投射到外部，艺术的欣赏方法则将注意力投射到内部。

图书在版编目(CIP)数据

离线·科幻 / 李婷主编. -- 桂林:广西师范大学出版社,2015.5

ISBN 978-7-5495-6659-4

Ⅰ.①离… Ⅱ.①李… Ⅲ.①科学幻想小说-小说创作-研究-

中国-当代②科学幻想小说-小说集-世界 Ⅳ.①I207.42②I14

中国版本图书馆CIP数据核字(2015)第093947号

广西师范大学出版社出版发行

桂林市中华路22号 邮政编码:541001

网址:www.bbtpress.com

出 版 人:何林夏

出 品 人:刘瑞琳

责任编辑:陈凌云 赵雪峰

装帧设计:杨林青

全国新华书店经销

发行热线:010-64284815

山东临沂新华印刷物流集团有限责任公司

临沂高新技术产业开发区新华路 邮政编码:276017

开本:720mm×1000mm 1/16

印张:11.5 字数:250千字 图片:80幅

2015年5月第1版 2015年5月第1次印刷

定价:45.00元

如发现印装质量问题,影响阅读,请与印刷厂联系调换。